按針と家康

三浦按針之墓（平戸市大久保町 2529 崎方公園内）

目次

三　平戸のアダムス

第一章　大航海

奇跡の漂着

数日まえ大嵐で荒れ狂っていた海が、いまはうそのように凪いでいる。

その穏やかな波間を、一隻の南蛮船が襤褸《ぼろぎ》切れさながらに傷んだ帆をいたわるような微《かす》かな風と黒潮に乗って、北へ向かってゆっくりと進んでいる。

この船リーフデ号は、三本のマストに多くの帆を張っており、逆風でないかぎりあらゆる方向の風を活かして航行できる。それは船長の的確な指示と、多くの乗組員が力を合わせてはじめて可能なことである。

だが乗組員の多くを失い、残った者は飢餓で衰弱し死を待つばかりとなっているこの船は、いまや波間に漂《ただよ》う藻屑《くず》のようであった。

リーフデ号の航海長ウイリアム・アダムスは、この数日間なんども遠くに目的地日本の一部らしい島影を見た。だが自力で航海できないこの船が、めざす日本国にたどり着くことは、もはや万に一つもありえまい。ウイリアムは苦難に満ちたこの大航海が、不幸な終焉《えん》を迎えつつあることを予感していた。

一年九か月まえ、オランダ（当時の国名・ネーデルラント連邦共和国）のロッテルダム港を出航した五隻の艦隊は、なんども大嵐に遭《あ》って離散し、残るはこのリーフデ号のみとなった。出航したとき百十人いた乗組員も、長い航海のなかでさまざまな苦難に遭い、そのたびに数人、数十人が犠牲となった。

ウイリアムの弟トーマスもそのひとりで、いま生存者はヤコブ・クワッケルナック船長以下わずか二十四人にすぎない。しかも飢餓と病気で、明日をもしれぬほど衰弱している。ようやく立ち上がることができるのは五人だけで、そのなかでウイリアムと部下の航海士ヤン・ヨーステンは、まだいくらか元気なほうであった。それでも、ふたりが最後に顔を合わせてから、もうまる一日がたっている。

ウイリアムは、これまでの航海で数々の苦難を乗り越えられたのは、神のご加護あってのことと固く信じている。だが、これまでほかの船と多くの乗組員が犠牲になったように、主《しゅ》は艦隊が使命を果たすことをお許しにならないのだろう。本国では生涯なし得ない富と栄誉をもとめてこの大航海に挑んだが、この身はもうすぐ神に召され、その夢もいっときの虹のようにはかなく消えてしまうのだ。

ウイリアムは、最後に残ったこのリーフデ号の運命も、もはやここに尽きてしまう――と覚悟した。


迫りくる最期の受容を心に決めたとき、ふと本国イギリス（当時の国名・イングランド王国）に残してきた愛しい妻メアリーと、ふたりの幼子、姉のデリヴレンスと弟ジョンの面影が脳裡に浮かんだ。

ウイリアムは、この長い過酷な航海で大嵐の恐怖や飢餓の苦しみに遭うたび神に祈った。そして、本国に残した三人の家族を思い出してはみずから志気を鼓舞し、苦難を乗り越えてきた。だがいまは、家族のことを思いそれを生きる希望に変える気力さえも湧いてこない。

本国の海軍に身を投じて以来、船乗りの仕事にかまけて家族を顧みることのなかったわが身を悔い、心のなかで詫びた。

（よき夫、よき父ではなかったわたしを許しておくれ。わたしはもうすぐ神のもとへ

召されるが、三人とも力強く生きて、どうか幸せになっておくれ)

そして、天国の弟トーマスにも告げた。

(もうすぐ、わたしもおまえのそばにいくよ)

これまでなんど死の恐怖に怯えてきたか、数えきれない。だが最期の覚悟ができたいま、不思議なことに恐怖心は消え去った。神に見守られながら、安らかな気持ちで最期のときを迎えようと、ウイリアムは胸で十字を切ってから両掌を組み、ひとり甲板で仰向けに寝ていた。

そして、なに気なく空を見たそのとき、どんよりと曇った上空に一羽の大きな鳥が円を描いていた。よく見ると、それは航海中に見なれた幾種類かの海鳥ではない。少年のころ、故郷ギッリングハムの山野でよく見かけた大きな鷲のようだ。

(もしや、陸地が近いのか——)

暗闇のなか遠くに薄明りが灯ったように、心の片すみにかすかな希望が湧いた。ウイリアムは気力をふり絞り、帆綱に手をかけてゆっくりと立ち上がった。するといきなり、鮮やかに萌《も》える新緑の茂る陸地が目に飛び込んできた。

(長いあいだ陸地を探し求めてきたための幻覚か——)

わが目を疑い、思わず擦《こす》ってみた。いや、まぎれもなく小さな島である。しかもその小島の背後には、薄紗《はくさ》で覆ったように霞《かす》んだなかに、浅黄《あさぎ》色に萌える山々の連なる陸地が、視界いっぱいに広がっている。微かに抱いた希望が、現実となって眼前に大きく展開しているのだ。

ウイリアムは、よろける足どりでゆっくりと左舷側に歩み寄った。すると、小島の陰からいく艘もの小舟が、リーフデ号をめざして近づいてくるではないか。

助かった——

そう思ったつぎの瞬間、真逆の不安が脳裏を過《よぎ》った。

いや、もしかすると——

これまでの長い航海をとおして、未知の土地の人々は、ウイリアムたちにとって善人ばかりではなかったことを思い出した。迫ってくるのは、悪魔のような人たちかもしれない。ウイリアムの胸中で希望と不安が掻《か》き混じり、とたんに動悸《き》が高鳴り、心臓は早鐘を打った。

身体中から力が抜け、辛うじて上体を支えていた両膝が折れ、崩れるように甲板に座り込んだ。思わず胸で十字を切り、両掌を組んで神に祈った。

（主よ、この地ではじめて出合う人々が、どうか善人でありますように――）

西暦一六〇〇年四月十二日（慶長五年三月十六日）、リーフデ号が漂着したのは、豊後《ぶんごの》国（大分県）臼杵《うすき》の佐志生《さしう》沖に浮かぶ黒島の入江であった。自力で航行できないリーフデ号が目的地日本に漂着したことは、まさに――奇跡――であった。

掛け声のような声のあとガシッと音がして、船の左舷に縄梯子《はしご》のフックがくい込んだ。次々と二十人ほどの男たちが船に乗り込んできた。歳のころはさまざまだが、みんな一様に継ぎはぎだらけの衣服を身にまとい、長い頭髪を無造作にうしろで束ねている。そうした身形《みなり》から、この国の下層に生きる人々なのだろう。

彼らは、髪は乱れ髭も伸びほうだいで痩せ衰えた異国の漂流者に、危害を加えようとはしない。だが、哀れんで援《たす》けようともしない。それどころか、ことばの通じない漂流者たちが武器を持たず抵抗できないことを知ると、無言のうちに略奪をはじめた。

勝手に船内を探しまわり、大砲や砲弾、銃、火薬樽などの重い物を除いて、積荷のあらゆる物をロープで小舟に釣り降ろして奪い去った。ウイリアムたち乗組員は、それを制止する気力や体力も残ってはいない。ただ彼らのなすがまま、放心したように茫《ぼう》然と眺めていた。

ようやく陸地にたどり着いた安堵の思いもつかの間、漂流者たちはふたたび絶望の淵へと突き落とされた。

三百トンのリーフデ号の積荷は、大量の羊毛布地、火縄式のマスケット銃五百丁と鉛弾、ガラスのビーズ、鏡、眼鏡、釘、鉄材、ハンマー、十九門の青銅製の大砲と五千箇の砲弾、それに多数の樽に入った大量の火薬である。それらはみな商品で、乗組員の命にも等しいものである。

これらがないと交易できず、本国ではめずらしい日本特産の〝銀〟と交換し、持ち帰って莫大な利益を得ることはできない。それどころか食料を買い入れ、船を修理して帰国の途に就くことさえもできないのだ。

午後になって、入り江の浜に座礁したリーフデ号に三艘の小舟が来て、土地の役人たちが乗船してきた。役人は二人で腰に二本の刀を差しており、通詞役の西洋人と身の丈ほどの長さの棒を持った十人の配下を従えている。

こんなとき、船の責任者として応対するのはクワッケルナック船長である。だが最高齢の彼は衰弱がひどく、船室に横たわったままで起き上がることができない。なんとか立ち上がることのできるウイリアムが、船長に代わって応対した。

通詞役の西洋人が、役人と二言三言話してからオランダ語で訊いた。

「わたしは、ポルトガルの宣教師である。役人に代わって尋ねる。おまえたちは、はじめからこの日本の国をめざして来たのか。それともほかの国をめざしていて、漂流してここに着いたのか」

宣教師の態度は横柄であった。マストの先端に掲げたこの船の国旗は、嵐のときにちぎれ飛んでしまい国籍はわからない。だがオランダ船は、船尾にしつらえたエラスムスの木像が特徴で、ヨーロッパの航海者ならそのことを知っている。エラスムスはキリスト教救難聖人のひとりで、船員の保護聖人として広く知られている。

ウイリアムはポルトガル語が話せることを告げ、名乗ってから丁重にあいさつした。

「お会いできて、たいへんうれしく思います。わたしたちは、一年九か月まえにオランダのアムステルダムを出航して、はじめから日本の国をめざして来ました」

立って話しをするだけでも、わずかに残る体力が削ぎ落とされるようで辛い。だが、けんめいに堪《こら》えて続けた。

「ところが、数々の災難に遭って自力で航行できなくなり、ここに漂着しました」

「この国にきた目的は」

「航路の開拓と交易です」

「積み荷はなにか」

積荷のすべてを諳《そら》んじているウイリアムは、品目と数量を説明し、その大半がさきほど奪われたことを告げた。役人のひとりが、ウイリアムの話しを記録している。

「ほんとうに、目的は航路の開拓と交易のためだけなのか」

「そのとおりです。まちがいありません」

二人の役人は、堅い表情で淡々と役目を熟《こな》しているように見える。だが宣教師のほうは、ことばの端々に棘《とげ》がある。ヨーロッパでは、ポルトガルとオランダは長年敵対し、戦争状態にある。だが、ここはヨーロッパを遠く離れアジアの東の果てではないか。まして彼は聖職者なのだ。同じヨーロッパ人の漂流者を、哀《あわ》れむ気持ちはないのか―。

ウイリアムは、宣教師に不信を抱いた。それでもいまは、日本人とことばの通じる彼に頼るしかない―と思い直した。疲れ果て、立っているのが辛い。いまにも甲板に倒れ込みそうになるのを懸命にこらえ、ウイリアムは片手で帆綱に掴まりながら、気力をふり絞って訊いた。

「ここは、日本のどこなのですか」

「九州の豊後国だ」

九州と聞いて、ひとまず安心した。それが日本本土の一部であることは、持っている地図でわかる。

「お願いがあります」

宣教師は、なんだと面倒くさそうに一瞥《べつ》をあたえた。

「助けてくだされぱお礼は十分しますので、朝のうちに何ものかに持ち去られた船の積み荷を、どうかとり返していただきたい」

ウイリアムは船の代表者として、藁《わら》にもすがる思いで頼んだ。

「上役に話してみる」

実直そうな役人の一人が、宣教師を介して答えた。そのあと役人たちは船内を検分し「また、あらためて出なおしてくる」と、いい残して下船した。

夕方近くになってから、役人たちはふたたび乗船してきた。

役人たちの介助でリーフデ号から小舟に乗り移り、半時間ほどで城下臼杵の湊に着いた。乗組員はとある屋敷に収容され、そこで食べ物が与えられた。それは、握り飯に漬物、白湯《さゆ》で、それを食べることができないほど衰弱した者には、粥《かゆ》や重湯《おもゆ》であった。

久しぶりにありついた食料は、彼らがはじめて口にするものだったが、飢えをしのぐことができた。だが、二十四人のうち三人は、粥や重湯でさえ喉を通らないほど衰弱がひどく、重体であった。


「お前たちとこの船は、やがてこの国の皇帝がいる大坂に送られて調べを受ける。そのとき、『自分たちは、商人をよそおった海賊だ』と自白しないといけない。もしそこで嘘をつくと、死刑になるだろう」

食事のあと、宣教師は脅すように言った。彼はウイリアムの話しを、まったく信用していない。苦難の連続だった長い航海のなかで、艦隊は水と食料を得るため、やむなく海賊まがいの行為におよんだこともあった。だがそれは生きのびるため背に腹は代えられなかったからで、あくまで一度きりのことだった。

乗組員たちは、これからどうなるのか不安でならない。目的地になんとか着きはしたものの積荷は奪われ、しかも頼るポルトガル人宣教師には海賊と疑われている。さしあたり命は助かったものの、まだ安心するにはほど遠い。

リーフデ号に十分な水と食料さえあれば、自分たちの処遇に不満なときは、この地から退去すればいい。もし武力で攻撃されたときは、鉄砲や大砲で反撃もできる。だが、乗組員全員衰弱がひどく、手足をもがれたようなこの状態では、抵抗もままならない。いま彼らは、囲いの中で食用として屠《と》殺を待つ、哀れな羊のようであった。

ポルトガル人宣教師の態度を別にすれば、ここ臼杵での処遇は漂流者を労わるものだった。十分な食料と休息を与えられ、不安ななかにも、乗組員の体力はしだいに回復に向かいだした。

その間に、衰弱がひどく重体だった三人が次々と亡くなり、役人たちの手によって埋葬された。三人は苦難の航海のすえ、目的地の日本に着いたとたん、神に召されたのだ。

漂着して三日目を迎え、どん底まで気落ちしていた乗組員を勇気づけるできごとがあった。略奪され、なかばあきらめていた品々が、すべて戻ってきたのだ。立ち会ったくだんの役人は言った。

「積荷をうばった土地の者たちは、領主様に処罰されるだろう」

東の果てのこの国は野蛮ではなく、一定の秩序が保たれている。そのことを知ったウイリアムは、船長の許可を得て、助けてもらい積荷をとり返してくれたお礼にと、相応の羊毛布地を役人に渡した。

苦難の航海

大航海時代の十六世紀前半、ヨーロッパでは、キリスト教の宗教改革に端を発したカトリック（旧教）とプロテスタント（新教）の確執が、やがてヨーロッパの各国を巻き込んだ宗教戦争へと発展した。その結果、大国の植民地から独立を果たした国々は、新たな植民地をもとめて航路の開拓にはしり、大航海時代にいっそう拍車がかかった。

大航海に必要な航路とは、船が安全に航行でき、寄港地で水や食糧、薪などを安定的に補給し、必要に応じて船の修理もできることである。

　このころヨーロッパでは、アジア方面の交易はマレーシアを拠点とするポルトガルと、フイリピンを拠点とするスペインが独占していた。その航路は、大西洋をアフリカ大陸に沿って南下し、大陸の南端ケープタウンを迂回し、インド洋、マラッカ海峡を経て東アジアにいたる─東回り航路─である。

　あらたに東アジアとの貿易をめざす新興国オランダにとって、敵対する両国とおなじ航路では、常に危険に曝《さら》される。これに対抗するには〝黄金の国ジパング〟をはじめ、東アジアの国々との貿易をめざして新たな航路開拓の必要に迫られた。

　そこでオランダは、いまだ誰もなし得ていない
─西回り航路の開拓─

という大冒険に挑戦することとなった。


　そうした背景のもと、一五九八年（慶長三）六月二十四日、つぎの五隻の艦隊が、投資家や乗組員の家族などから盛大な見送りを受け、オランダのロッテルダム港を勇躍出航した。日本では、天下統一をなしとげた豊臣秀吉が亡くなる直前のことである。

ヘット・ヘローフ号（信仰）三〇〇トン
フライデ・ポード・スハップ号（喜ばしき使い）一五〇トン
トラウ号（忠誠）二二〇トン
ホープ号（希望）五〇〇トン
リーフデ号（慈愛）三〇〇トン
このとき、三十四歳のウイリアム・アダムスは航海長として、三十一歳の弟トーマスも水夫として、兄弟は同じリーフデ号に乗り組んだ。乗組員たちは、武器・弾薬を除く積荷商品の共同出資者で、商人の立場でもある。

百年ほど前、イタリアの航海者コロンブスが大西洋を横断し、アメリカ大陸を発見した。そのころからヨーロッパでは、地球は円い球体だと理解されている。

一五一九年に、ポルトガルの航海者マゼランが大西洋を渡り、はじめてアメリカ大陸の南端を経て太平洋の横断に成功した。だが、まだ世界一周をなしとげた航海者はいない。アメリカ大陸と東アジアとを隔絶する〝太平洋〟のことは、まだベールに包まれた未知の大海洋であった。

五隻の艦隊が採る西回り航路は、ヨーロッパから大西洋を南下横断してアメリカ大陸を迂回し、太平洋を北上横断して東アジアの日本をめざしている。それは、開拓された航路のない未知の世界に挑む、危険きわまりない大冒険であった。

アムステルダムを出港した艦隊は、ドーバー海峡を通り大西洋に出た。アフリカ大陸沿岸を南下し、出航から二か月ほどの航海は順調だった。艦隊は、アフリカ大陸最西端のブェルデ岬カーボブェルデ群島のサンテァゴ島に上陸した。無人島で、食料になる野生の動物を狩るためである。

ところが、東回りの航路を採るポルトガルやスペインの航海者たちがすでに狩り尽くしてしまったのか、二十四日間滞在したが目的を果たすことはできなかった。そのうえ熱帯の島の風土が合わず、多くの船員たちが病気になった。

その後、食糧の乏しいなか南下を続ける途中で、旗艦ホープ号の艦隊司令官ヤックス・マフュの病気がしだいに重くなり、ついに亡くなった。代わって、それまで副司令官だった同船のハッド・コペーが新たな司令官になった。

新司令官は、食料を得るため進路を変更し、ロボ・ゴンザルベェス岬に上陸した。だが、そこにも野生の動物は見あたらず、食料は得られなかった。不運が続き、艦隊の乗組員たちはこれから先の長い航海に、暗雲が垂れ込めたような不安をおぼえた。

だが、コペー新指令官の

「新航路開拓という大冒険に、不安と危険はつきものだ。成功という栄誉をイメージして、つねに希望を持とう」

その檄《げき》に励まされ、艦隊乗組員たちは気を引き締め直した。

十二月二十五日のクリスマスに岬を出帆し、食料が乏しいなか艦隊は南下して赤道を通過し、いよいよ大西洋横断に向かった。

途中で、ノボン島と呼ばれる原住民八十戸ほどの小さな島を見つけた。艦隊はなんとしても食料を得ようと、船員たちが空砲を放ち住民たちを威嚇しながら、強制的に水と食糧を確保した。布地など一定の謝礼を渡しはしたものの、それは海賊にも等しい行為で、艦隊にとって背に腹は代えられなかった。

さらに大西洋を南下したが、いよいよ水や食料が欠乏し、司令官は乗組員に四日ごとにわずか一ポンド（一〇〇グラム強）のパンと、同量ほどの水かワインを支給するよう命じた。

飢餓による衰弱で動けなくなる者が続出し、乗組員の志気と体力は著しく低下したが、それでも苦難の航海は続いた。このころは、船の厄介もののネズミも捕えて食べ尽くされ、ロープの牛革製カバーを食べる者さえいた。大西洋横断中、飢餓はそれほど深刻だった。

翌年の四月三日に、艦隊はようやく南米大陸東側南端のセント・ジュリアン港に着いた。そこでようやく水や食料を補給し、それから三日後にマゼラン海峡に入った。この海峡には無数の島々が点在し、それらのあいだを狭い水路が縦横に走っている。航路としては、これまで最大の難所であった。

四月六日、狭い水路を通過する途中いくつかの無人島で停泊し、ボートで上陸して食料となる多くのペンギンを捕まえ、水や薪も補給した。

ここまで厳しい過酷な航海だったが、艦隊は第一の難関―マゼラン海峡―に到達し、水や食料は十分に調達することができた。

だが、アメリカ大陸の最南端に位置し南極大陸に近いこの海峡は、この時期は冬季にあたる。海峡を通り抜ける追い風に恵まれたが、それはあまりにも強風だった。そのため、艦隊司令官は航海を続けるのは危険と判断し、海峡にとどまる決断をした。

八月二十四日まで、四カ月近くもそこに停泊したが、結果的にこの判断があだとなった。連日のように強風が吹き荒れ、雪や霰《あられ》などの吹雪く悪天候のなか、狭い水路で長期間停泊したため、艦隊は強風に吹き流されてばらばらに離散した。

ヘット・ヘローフ号はここで脱落して本国に引き返し、トラウ号は安否不明となった。フライデ・ポード・スハップ号も乗組員のほとんどが病死して航行不能となり、もっとも近いチリのバルパラ港に辛くも避難した。ところが、そこは敵対するスペインが支配する港だったため、乗組員は全員拿捕《だほ》され、船は沈められてしまった。

長かった嵐も、やがて春を迎えてようやく治まり、リーフデ号はマゼラン海峡を通り抜け、太平洋に出た。その後、南アメリカ大陸の西沿岸を北上しながら、旗艦のホープ号を見つけた。離散してからはじめて僚船を見つけ、乗組員は歓声をあげて喜んだ。だがそれもつかの間、ふたたび突然の嵐に遭い、ホープ号を見失ってしまった。

リーフデ号はひとり、司令官が事前に指定していた四十六度地点をめざした。そこで二十八日間待ったが僚船は一隻も現れず、やむなく次の停泊予定地サンタ・マリア島をめざして北上した。

十一月一日、リーフデ号はチリ沖のサンタ・マリア島の南方にあるモチャ島沖で投錨した。そこで食料を求めるため、十人ほどの乗組員がボートでモチャ島の岸に近づいた。すると、いきなり現地人が弓矢で攻撃してきて、数人の乗組員が負傷した。

食料などを求めて立ち寄った島で現地人から攻撃されたのは、この航海を通して初めてのことだった。乗組員の安全のためには危険な島に上陸することはできず、ボートは船に引き返した。ところがそのあと、小舟で現地人三人がリーフデ号の近くに現れ、身ぶり手ぶりで

「食料となる牛や羊が多くいて、提供できる」と、友好的な態度をしめした。

それを受けて、二艘のボートで二十三人の乗組員が島に着いた。最初にいきなり攻撃されたこともあり、はじめは警戒していたが、しばらくたっても危険な兆候はない。なんとしても食料を得たい乗組員たちは、上陸を敢行した。

そのとたん、弓矢や槍、蛮刀などで武装し塹壕《ざんごう》に潜んでいた千人を超える現地人が、とつぜん襲い掛かって来た。この奇襲に、上陸した乗組員たちは応戦する間もなく、全員が無残に殺されてしまった。ウイリアムの弟トーマスも、このとき犠牲になった。

現地人が友好的な態度を見せたのは、謀略だったのだ。多くの仲間が謀殺されるとい

う大きな悲劇に、残った乗組員の志気はどん底まで落ち込んだ。

船内が重苦しい空気に包まれるなかで、クワッケルナック船長はみんなを慰めた。

「この島の人たちも、はじめから悪意に満ちた人たちではなかったはずだ」

船長は、自分で小さくうなずきながら続けた。

「おそらく、これまでに船でやってきたどこかの連中に、虐殺や略奪などにあう悲惨なできごとがあったのだろう」

その晩、ウイリアムは南十字星の輝く甲板に出て、ひとり泣きながら悔やんだ。自分がこの航海に誘わなければ、弟トーマスも若くして天国に召されることはなかったのだ。犠牲になったトーマスのためにも、この苦しい大航海をなんとしても成功させ、名誉と富をみやげに帰国しよう――と、ウイリアムはあらためて決意した。

三日後、リーフデ号は多くの仲間が犠牲となった悲しみが癒えない中でサンタ・マリア島に向けて航行中、旗艦のホープ号を見つけた。失意の中に僚船を見つけた乗組員たちは、急に元気が出て歓声をあげて喜び合った。

だがそれもつかの間、ホープ号に仲間がボートで乗り移ったとたん、ふたたび失意のどん底に突き落とされた。なんと、ホープ号もリーフデ号が悲劇に遭遇した日の三日前に、同じモチャ島で謀略に遭い、船長や士官を含め二十七人が殺されていた。両船合わせて、五十人もが犠牲になったのだ。

その犠牲者の中に、旗艦の船長だった艦隊司令官もいた。このため両船の幹部が話し合い、後任は副司令官だった同艦の船長ハッド・コペーが新司令官となり、リーフデ号のクワッケルナック船長が後任の副司令官となった。


食料不足に多くの仲間を失った悲劇が重なり、両船の残る乗組員は最大の窮地に立たされた。いまは大航海のまっただ中で、目的地までの中間あたりと想像される。まさに、退《ひ》くも地獄、進むも地獄――の状況であった。

新任の司令官と副司令官は話し合い、あらためて当初の目的地をめざして進むことを決めた。幾多の苦難に遭遇しながらも、艦隊幹部の意志は鉄のように固かった。それは、彼らの強い使命感と、これまで犠牲になった多くの仲間の無念を晴らすための、新たな決意でもあったのだ。

その後、両船はサンタ・マリア島に寄港したが、そこもスペインの支配下にあることは明白だった。両船の幹部は、ふたたびモチャ島のような悲劇をくり返さないため、上陸前に食料を手に入れる方法を話し合った。

双方の乗組員とも衰弱がひどく、いざとなったときに戦える気力や体力もない。危険を冒して上陸を強行することは見合わせよう――という結論になった。

そうこうしているうちに、ボートでやってきた一人のスペイン人が、ホープ号とリーフデ号に二日続けて無断で乗船し、勝手に船内を調べてまわった。

うかつにも敵が支配する港に迷い込んで来た愚かな艦隊――と思ったのだろう。大胆不敵にも、両船を拿捕《だほ》して利用できるかどうかを調べに来たのだ。乗組員は、それを阻止することもできないほど衰弱している。

三日目は、二人のスペイン人がやって来た。その二人が船内調査を終え下船しようとしたとき、これを待ちかまえていたクワッケルナック船長が、意を決して無断乗船を理由に彼らの下船を阻止した。食料を手に入れるための人質である。

その二人は驚いたが、食糧に困窮していることは船内を調べてわかっている。彼らはしかたなく、羊や牛を提供すると約束した。食料を準備させるために一人を解放し、約束どおりの食料が届いてから、残る一人を解放した。こうして、大量の食料を手に入れることができた。

やがて双方の船の乗組員が衰弱からしだいに回復し、全員が元気になった。だが、すでに他の三隻は艦隊から離脱し、オランダを出航した当時からすると状況は大きく変わっている。

新任の司令官と副司令官は、ウイリアムとホープ号のイギリス人航海士ティモシー・ショッテンの二人を交え、どうしたら乗組員が商人として多くの利益を上げることができるか話し合った。その結果、当初の目的どおり毛織物が非常に高く評価されるという日本の国をめざすことを、あらためて確認し直した。

十一月二十七日　チリの沿岸を離れ、いよいよ最大の難関

―未知の大海洋―　の横断に挑む二隻の艦隊は、日本に向けて西北に針路を採った。

艦隊は順風に恵まれ、時化《しけ》に遭うこともなく、わずか二か月ほどで赤道を越えた。このころ、北の方角に四つの島々が見えた。それを見た八人の船員が、リーフデ号に搭載していた二本マストの大型ピンネース船を夜間に組み立てて乗り移り、脱走した。

彼らは、食料難に悩まされ希望の見えない苦難の航海に見切りを着け、目前にある未知の島に命運を賭けたのだ。そこは太平洋のまん中で、現在でいうハワイ諸島だった

が、そのころアダムスたちには、未開の地で人食い人種の住む島と映っていた。

その後、西北への進路を採るうちにしだいに海は荒れてきて、ついには波が逆巻く大嵐となった。それは、艦隊がかつて経験したことのないほど猛烈なものだった。

太平洋の北上横断に挑んでから三か月を経た二月二十四日、その嵐のなかでリーフデ号はまたもや旗艦ホープ号を見失った。乗組員は、目的地日本で僚船に出合うことを信じていた。だがその期待はむなしく、その後ふたたび出合うことはなかった。ホープ号は遭難したのだ。それでもリーフデ号には、ここに及んで日本へ向かうよりほかの選択肢はなかった。

この二日続きの大嵐で、リーフデ号は遥か遠く西南の海域に流されていた。

三月二十四日、リーフデ号はウナ・コロン島に達したが、食料はすでに尽き、あまりにも長い航海に疲れ果て、多くの乗組員が病気になり、さらに死者も出た。船長をはじめ乗組員は衰弱がひどく、なんとか動ける者は十人足らずという凄惨な有様だった。これでは手不足で、碇《いかり》の巻き上げや傷んだ帆の修理はおろか、操船さえもできない。

こうして、満身創痍のリーフデ号は運命の四月十一日を迎え、豊後に漂着した。

神に見放され、地獄のような苦難に満ちたこの大航海は、アムステルダムを出航してから一年九か月の歳月が経っていた。

不安

「甲板に人影の見えない幽霊船のような南蛮の船が、佐志生《さしう》の浜に流れ着いた」

その報せを受けた豊後の領主太田飛騨守一吉は、船の調査と生存者がいれば救出するよう家臣に命じた。船の調査を終え乗組員を救出すると、すぐに大坂城にいる九州取次ぎの肥前唐津の領主寺澤広隆に早舟で報せた。九州取次ぎとは、豊臣政権で九州の諸大名との連絡役の大名である。

報告を受けた寺澤広隆は、このことを大坂城の本丸に注進した。だが、本丸のあるじ豊臣秀頼までは届かなかったのか、西の丸に拠《よ》る五大老の筆頭徳川家康がこれを聞きつけた。

天下人豊臣秀吉は、二年前に卒去した。その遺児秀頼の守役だった大老の前田利家も、秀吉のあとを追うように一年前に亡くなった。

家康は、秀吉の没後表向きは秀吉の「秀頼の成人まで、前田大納言とともに後見人として補佐するように」という遺言に従順さを装いながら、裏では密かに天下取りを画策していたが、利家の没後はその野心が露《あら》わになった。

家康の遠大な戦略が功を奏し、秀吉が生前に重用していた大名はいま二分され、いっぽうをおのが味方に引き入れ、対立する図式を巧妙に描いてきた。そして双方の対立が沸騰点に達する時期を密かに窺い、その起爆剤となるのは、豊臣方の代表格石田治部少輔《じぶしょうゆう》三成と見ている。

秀頼を擁する相手方が、これからどう動いてくるか。それによって天下分け目の大戦が始まろうが、その時期は家康にもまだ分らない。遠からずその時期が来ることを思い描く家康が、豊後に南蛮船が漂着したことを知った。その船には、大砲や鉄砲など大量の武器弾薬が積まれているという。

予期せぬ幸運の到来に家康はほくそ笑み、その船を泉州堺へ曳航するよう、おのが家臣に命じた。

リーフデ号は、多くの兵士が櫓で漕ぐ五隻の軍船に曳航され、二十一人の生存者を乗せ臼杵を出た。瀬戸内海を通って三日後、大そうな賑わいを見せる堺の湊に着いた。そこで乗組員は下船を命じられ、近くのとある屋敷に収容された。

その屋敷は豊後のそれとはうって変わり、全体が牢獄のようなものだった。乗組員は屋敷から一歩も外に出ることを許されず、厳重な監視のもとに置かれた。そこに勾留されているあいだ、堺に居住するポルトガル人宣教師が、何度か屋敷を訪れた。

「おまえたちは、これから取調べを受ける。そのとき『じぶんたちは商人を装っているが、じつは海賊だ』と自白しなさい。そうすればおまえたちの命だけは助かるようにしてやろう。そう言わなければ、おまえたちの命はないものと思え」

そう言って嘘の自白をするよう脅した。そうしたポルトガル人の魂胆を、クワッケルナック船長は見抜いている。

「さきに日本に来て信用されている彼らは、この国に偽りの情報を流しているようだ。そうでなくとも、イエズス会のやつらは、われわれを敵視しているからな」

仲間のみんなは、船長の話しを沈んだ面持ちで聞いている。

「彼らにとって邪魔な存在なのだから、われわれのことは、悪意をもってこの国の権力者に伝えられているにちがいない」

まだ衰弱から回復していない船長は、弱々しい口調でそう言った。そうしたポルトガル人宣教師や船長の話しから、不安になった乗組員は口々に囁き合った。

「俺たちは、これからどうなるのだ」

「奴らの悪口で、死罪になるなんてごめんだ」

「俺たちは、死罪になるようなことはなにもしていない」

「この国には、まともな裁判はないのか」

「ここは、裁判もないような野蛮な国じゃないのか」

「積荷を全部渡して、命は助けてもらおう」

「そんなことをしたら、俺たちは本国に帰ることもできはしない」

「命が助かることを考えるのが先だろう」

しだいに絶望感を抱きだした仲間に、裏切り者がでた。オランダ人船員のギルベルト・アベルソンとファン・オワーテルの二人である。

「われらふたりは商人で、リーフデ号の積荷商品はふたりのものだ」

そう偽って、ポルトガル人に助命の取引を持ち掛けた。だが相手にされない。そうこうしているうちに、漂着してからちょうど三十日目を迎えた日に役人が来て、訊問のため乗組員の代表二名を選ぶよう船長に命じた。

みんなで話し合い、ポルトガル語が話せ体力も回復している航海長のウイリアムと、その部下ヨーステンが選ばれた。ふたりは、みんなが不安な気持ちを囁き合っているときも泰然とし、なにかを信じ切ったようすを見せていた。

ウイリアムとヨーステンは、着替えなどわずかばかりの身の回りの品を持ち、役人に連れられ小舟で堺の湊を出て北へ向かった。やがて舟は大きな街に着き、掘割を進んで河岸《かし》に着いた。

北の方角の小高い丘の上には、まわりを睥睨《へいげい》するような巨大さで、いく層もの屋根のある豪壮な城が見えた。それは、ウイリアムたちがあとで知ることになる大坂城であった。ふたりはその城の見えるある屋敷に連れて行かれ、その中の同じ牢に入れられ、ふたたび罪人のように扱われた。


このとき、イギリス人のウイリアムは三十六歳、オランダ人のヨーステンは四十四歳である。ヨーステンは、歳下でも優秀な上官のアダムスを心から信頼し、博識で人格にも優れた彼を尊敬さえしていた。

これまでリーフデ号の長い過酷な航海を通して、乗組員中最年長のクワッケルナック船長は体力的に無理がきかず、病気や衰弱のため寝込むことが多かった。そのたびに、航海長のウイリアムが船長に代わって指揮を執った。その彼がいたからこそ、艦隊でリーフデ号だけが目的地日本に到達することができた―と信じているヨーステンは、心配そうに訊いた。

「尋問されるときは、ふたり一緒だろうか。それとも別々だろうか」

「どうだろう。どちらにしても、おたがいに真実をそのまま話すまでさ」

「わたしはスペイン語ならわかるが、ポルトガル語はわからない。もしふたり一緒に尋問されるなら、君にすべてをまかせたい」

ウイリアムは肯いた。へたをすれば殺されるかもしれない―そんな可能性もある状況のもとで、対応を任されたウイリアムは、そのとき心に決めた。

(すべて真実を語り、あとは神の思し召しに従うまで)

この牢に移されてから、数日は何事もなかった。

ふたりが知り合ったのは、ロッテルダムでともにリーフデ号の乗組員となってからである。あり余る時間のなかで、ふたりはたがいの生い立ちや家族のことを語り合った。

そして、これからどんな運命が待ち受けていようとも、かならず生き延びて、仲間全員が家族の待つ母国に還る――という希望を持ち続けることを誓い合った。

ウイリアム・アダムスは、一五六四年、イギリスはロンドンから八十キロ東に位置する、現在のケント州ギッリングハムの町で生まれた。父親は貧しい船乗りだったため、幼いころ満足な教育を受けることもなかった。

十二歳になったとき、父親が亡くなった。長男のウイリアムは家族を養うため、すぐにテームズ川河畔にあるライムハウスの町の造船業者ニコラ・ディキンズの弟子となった。

そこで船大工の見習いとして勤めたが、生来怜悧《れいり》な頭脳で向上心旺盛なウイリアムは、仕事のあい間や寝る間も惜しんで勉学に励んだ。そして数学や天文学、地理、方位学、測量、それに航海術など、多様な学問と技術を身につけた。その多くは、本をむさぼるように読む独学だった。

二十四歳のとき、十二年間勤めた造船所を辞め、バーバリ貿易会社に就職した。ここで仕事上の必要から、ポルトガル語を習得した。

経済的になんとか自立できるめどが立ったウイリアムは、知人の紹介する女性メアリー・ハインと結婚した。貧しかったが幸せな結婚生活で、やがて二人の子にも恵まれた。だが、宗教戦争さなかのヨーロッパの政情とウイリアムの滾《たぎ》るような向上心は、家庭に束縛されて平凡に過ごす人生に飽き足らなかった。

彼は、国の多くの勇敢な若者がそうであるように、イギリス海軍に入隊した。当時〝無敵〟と呼ばれたスペイン艦隊を、イギリス艦隊が壊滅させた一五八八年（天正十六年）の〝アルマダ海戦〟のときである。

ウイリアム自身も建造にかかわった百二十トンの補給船リチャード・ダフィールド号の艦長として、イギリス艦隊のために武器・弾薬や食糧を輸送する兵站《へいたん》の任にあたり、この歴史的な海戦に関わった。

このころ、植民地獲得の覇権をめぐってスペインと対立するイギリスは、スペインの植民地から独立しようと戦うオランダと接近していた。そのためウイリアムは、オランダ船に乗って航海する機会が増え、オランダ語も習得した。

この海軍生活のなかで、ウイリアムは強靭な精神力とねばり強い忍耐力、それに人並みすぐれた体力を身につけ、のちの過酷な大航海にも耐えうる素地を培っていた。

そうしたなか、ロッテルダムの友人で商人のファン・デルハーヘンらが出資した東洋貿易開拓事業の話しを聞き、冒険に満ちた大航海の艦隊に参加するよう誘われた。

向上心と冒険心の旺盛なウイリアムは矢も楯もたまらなくなり、妻メアリーが渋るのを押し切り、弟のトーマスを誘って艦隊に参加した。まだ独り身のトーマスも海軍にいたが、兄ウイリアムを慕う弟はすぐに海軍を辞め、兄に従った。

この兄弟のように、平民として生まれ勇気と向上心に満ちた青年たちにとって、大冒険に挑むことこそが、富と名誉を得る唯一ともいえる道だったのだ。


ヤン・ヨーステンも、オランダ人の貧しい両親のもとに生まれ、ウイリアムと同じように満足な教育を受ける機会もなかった。父親が船乗りだったため、成りゆきから十五歳のとき船乗りになった。母国オランダはスペインの植民地だったことから、スペイン語は理解する。

オランダは、独立を阻もうとするスペインとはもう四十数年来戦っており、ヨーステンがもの心ついたときから戦争は続いていた。そうした環境の中で、成人すると当然のように海軍に入隊した。

除隊したとき両親はすでに亡くなっており、独身のヨーステンには兄妹もなく天涯孤独であった。そうした境遇から、彼は富と冒険を求めてこの大航海に参加した。

徳川家康

大坂の牢に移送されてから九日目の午後になって、ウイリアムたちはようやく尋問の場に連れ出された。縄は掛けられていない。

ふたりは役人に先導されて屋敷を出、大坂城に向かって進んだ。二つの大きな水濠に架かる橋を渡り、曲がりくねった道をいくつもの石段を登り、頑丈そうな造りの扉がついた多くの門をくぐった。

二つ目の橋を渡るとき、その橋には上屋が設《しつら》えてあった。内部はなにやら極彩色の絵が描かれ、みごとな彫刻もほどこされている。その上屋や城の屋根瓦のそこここには、惜しげもなく金箔が使われている。ウイリアムは、日本は銀の産出が豊富だと聞いていたが、金も豊富なのだろうと想像した。

その後、城内の大きな建物の中の、豪奢《しゃ》な造りの一室に通された。ウイリアムは、その建物が西の丸と呼ばれることをあとで知る。そこでふたりは、横に並んで畳に座らされた。その脇には机があり、書記らしい二人の中年の武士が控えている。

しばらく待たされたあと、高貴な身分を思わせる太った老武士と痩せた老武士、それに通詞役のヨーロッパ人の三人が部屋に入ってきた。太った老武士だけが、一段高い上段の間に座った。

三人が着座してから、通詞役がポルトガル人宣教師でガスパル・ヴィレラだと名乗り、ポルトガル語で上座に座ったふくよかな耳朶《じだ》の、太った老武士を紹介した。

「このお方は、日本各地の王のなかでもっとも強大な力をもつ、徳川家康様というお方である。これから訊かれることにはつつみ隠さず、すべて正直に答えるように。もし嘘をつけば、死罪になると思いなさい」

豊後や堺の宣教師のように「海賊であると自白しなさい」とはいわなかった。が、もとより、ウイリアムたちには真実を語って不都合なことはなにもない。

家康とウイリアムらの中間、下座脇に座した痩せた老武士は、家康の側近本多佐渡守正信で、ヴィレラ宣教師はその正信の下座に正座している。

家康は黙したまま、射るようなするどい眼差しで、二人の異国人を長いあいだ交互に見くらべた。ふたりはヨーロッパ人として平均的な体躯だが、日本人とくらべると長身である。ウイリアムは細面《おもて》で、ヨーステンは角ばった顔をしている。

ふたりとも濃い赤味をおびた頭髪はうしろで束ね、縮《ちぢ》れた赤い髭が伸びほうだいで、濃い髭面《ひげづら》のなかに碧《あお》い双眸《そうぼう》と高い鼻がのぞいている。

漂着以来三十九日目を迎え、ふたりの気力や体力は十分に回復し、双眸はともに生気に満ちている。ふたりは宣教師のように正座はできず、脚を投げ出して胡坐にちかい状態でいるが、緊張のなかにも胸を張り泰然としていた。

そうしたウイリアムたちを前に、家康はおもむろに口を開いた。

「そのほうたちは、いずこの国から来たのか」

家康はそのひと言を皮切りに、ゆっくりとした口調ながら矢継ぎ早に問い掛けた。

「名まえと歳を申せ」

「船での役目は」

「なにをしにこの国に来たのか」

「船の積み荷はなにか」

「鉄砲、大筒のことをくわしく申せ」

「信じる宗教は」

「交易と宗教は一体と考えるか」

「いく月かかって、この国へ来たのか」

「たどって来た航路は」

「欧羅巴《ヨーロッパ》では、国どうしが戦《いくさ》をしているのか」

「その戦のもようは、どうなっておるか」

これらの問いに、ウイリアムが主導しポルトガル語ですべてありのまま正直に答え、ヴィレラがそれを通訳した。答えながらウイリアムは、通役ヴィレラと家康の反応を注意深く見ていた。

そうした中で、リーフデ号積荷の武器・弾薬のことと、ヨーロッパの戦争状況を話したときに家康の目に力が入り、ほかのことよりも強い反応を示したことを、ウイリアムは目ざとく読み取った。いっぽうのヴィレラからは、リーフデ号のたどった経路に驚き、ヨーロッパの戦争の説明に眉をひそめ、困惑した表情になったことを見逃さなかった。

大航海の先駆けであるポルトガルやスペインでは、ヨーロッパから東アジアの国々をめざすのは、もっぱら東回り航路である。西回りで大西洋と太平洋二つの大海洋を横断して東アジアをめざすなど、ありえないことと思われていた。

また、ヨーロッパの戦争事情は、宗教革命によるキリスト教のカトリック教団（旧教）とプロテスタント派（新教）の宗教戦争で、カトリック教団イエズス会の宣教師は、日本では彼らに不利な情報は伝えていなかった。

彼らは、プロテスタント派のイギリス人やオランダ人から、日本にありのままの情報が伝わることを恐れていた。そのため、リーフデ号に〝海賊船〟のレッテルを貼ろうとしていたのだ。

家康は、尋問の半ばからウイリアムの話しを細大漏らさぬよう、身を乗り出すようにして聞いた。

――一口に基督教《キリスト》というが一体ではなく、カトリック教団とプロテスタント派は激しく争っているというではないか。こんにちこれまで、日本における欧羅巴《ヨーロッパ》人といえば、葡萄牙《ポルトガル》と西班牙《スペイン》の二国人である。彼らはおなじ基督教でもカトリック教団で、布教と交易を一体とした目的で日本に来ている。

だが、リーフデ号のこやつらはプロテスタント派で、交易だけを目的にしているという。ならば、秀吉がこれまで採ってきた　―勧商・禁教―　の策に合うではないか。

また、欧羅巴の戦争事情は、これまで聞いていたこととはずいぶんと違うようだ。西班牙の海軍は、いまだ〝世界最強〟と聞いていたが、英吉利《イギリス》艦隊に全面敗北したというではないか。独立を宣言した阿蘭陀《オランダ》との戦にも苦戦を続けているとは、これまで聞いていなかった。

このふたりの話しが本当ならば、こうした利害の相反する異国間のことは、双方から聞いてみて初めてわかるのだ。だがこのふたりは、どん底の状態から抜け出るために、口から出まかせのことを喋っているのかもしれん。

いや、積荷のことは前もって調べさせたが、アダムスとやらの申すとおりに違いなかった。積荷の武器・弾薬だけではなく、この者たちも利用価値が高そうだ。武器や欧羅巴のことなど、まだこれからくわしく問い質《ただ》してみなければならん――。

長時間の尋問を終え二人の異国人が退出してから、家康は通詞役のヴィレラに質した。

「ふたりの申したことに、うそ偽りはなかったか」

「……」

その問いに、ヴィレラはすぐには応じなかった。

ヴィレラ宣教師は、かつて肥前の平戸にいたことがある。そのとき、手段を選ばぬ苛烈《かれつ》な布教で仏教徒の猛反発を受け、ときの平戸領主松浦《まつら》隆信（道可）から領外追放された経緯《いきさつ》がある。使命感あふれる宣教師である。

「かさねて訊く。どうじゃ」

「……かれらの申すことに、偽りはございません。ただ……」

「なんじゃ。申してみよ」

「この国に来た航路が西回りとは、とても信じがたいことです」

「では、海賊ではないと申すのだな」

家康は、ポルトガルとスペインの宣教師たちが「リーフデ号のやつらは海賊だ」と言い張っていることを、家臣から聞いていた。そのため、ウイリアムの供述をヴィレラが聞いたときの表情を、細かく観察していた。もしここでヴィレラが嘘をつけば、通訳の中味そのものが怪しくなる。

「……」

ヴィレラは無言のまま肯いた。仲間の宣教師が、彼らのことをそう吹聴していることは知っている。だが、このことにはリーフデ号乗組員全員の命がかかっている。敵対する国の者たちとはいえ、彼らもおなじキリスト教徒なのだ。ヴィレラは宗派を超えて、聖職者としての矜持《きょうじ》を保った。

家康はヴィレラを退室させてから、本多正信に命じた。

「明日にでも、あの者たちに湯あみをつかわせ。臭くてかなわん」

無理もない。ふたりだけでなくリーフデ号の仲間全員が、もう半年近く水浴さえもしていなかった。

その日の夜遅くまで尋問されたウイリアムとヨーステンは、屋敷の牢に戻され、遅い夕食をあたえられた。喫し終えたあと、ウイリアムは尋問のことが気になり、ヨーステンに訊いた。

「どうだったろうか」

「君は、すべてありのままを答えただろう」

ウイリアムは肯いた。

「だから、あとは神と家康様にゆだねるしかないな」

「わたしの印象では、家康様はとても慎重な人のように見えたが」

「家康様は、君が話しをしているあいだ宣教師のほうばかり見ていた。君の話しに宣教師がどう反応するか、読み取ろうとしていようだ」

ウイリアムの観察にヨーステンが同調した。

「あの宣教師が、悪意なくありのまま通訳したかどうか、それが心配だな」

「そのとおりだ」

訝《いぶか》ったウイリアムに、ヨーステンが相槌を打った。

翌々日の午後、ふたりはふたたび西の丸内の同じ部屋で二度目の尋問を受けた。

今回は、書記のような二人の武士はいない。ウイリアムたちは前日風呂に入れられ、髪や髭も整えて前回よりも身ぎれいになり、表情も見やすくなっている。そのせいか、家康はふたりの座を近くに寄せ、親し気に接した。

そうした中で家康は、リーフデ号の大砲やマスケット銃の性能のこと、外洋航海に欠かせない羅針盤や星の観測のこと、さらにヨーロッパの情勢などについて、詳しく問い質した。それまで家康は脇息を左側に置いていたが、それを膝の前に置き直し、そこに両腕をあずけて身を乗りだす楽な姿勢に変えた。

それからヨーロッパに多い動物のこと、ふたりの持つ知識や技術、さらには生い立ちや家族のことにいたるまで、驚くほど精力的に訊いた。そのなかで、ウイリアムが母国語のほかオランダ語とポルトガル語も堪能だということに感じ入り、さらに船大工見習いの経験や、数学、航海術、天文学、測量などの知識に強い関心を示した。

これまでふたりを牢に閉じ込めていたのは、家臣たちがポルトガル人とスペイン人の宣教師から、再三にわたって
「リーフデ号は、商人を装った海賊です。あの者たちをこのまま赦《ゆる》せば、前例となって今後たびたび現れて、この国に害をおよぼすに違いありません」

そう吹き込まれていたからだ。

この日も尋問は長時間に及んだが、家康は不審な欧羅巴人にたいする尋問というよ

り、未知の文化を吸収しようとするかのように、終始質問という態度で臨んでいた。

ふたりが正直で信頼できる人物と見た家康は、当分のあいだ手もとに留め置こうと思い、尋問を終えてからウイリアムたちに告げた。

「これからは、そのほうたちを咎人《とが》としてあつかうことはやめよう。船も堺から江戸の近くへ回航し、仲間たちも解《と》き放とう」

家康のこのことばが、通詞役のヴィレラにはよほど悔しかったのだろう。苦々しい表情で訳し伝えた。

「ありがとうございます」

ふたりはたがいに家康に礼を述べた。こうした結果になったのは、通詞役がふたりの証言を家康に悪意なく通訳してくれたからなのだ。そのことを訝っていたウイリアムとヨーステンは、ヴィレラにも同じように礼を述べた。

最後に家康は、ウイリアムに訊いた。

「船の仲間に、はやく会いたいか」

「もちろんです」

「では、そのように手配りせよ」

そう正信に命じ、さらにその夜も正信に命じた。

「ふたりを当面、客人として遇せよ。ほかの乗組員も浦賀へ送れ。武器弾薬を除く積荷は、あやつらに引き渡せ」

武器弾薬は、家康が買い取る算段でいる。このとき家康は知らなかったが、リーフデ号の武器弾薬以外の積荷が、ふたたび何者かによって持ち去られていた。

家康が乗組員の拘束を解くと決めたこの日は、リーフデ号が豊後に漂着してから四十一日目であった。


戦国時代の武将で、徳川家康ほど幼少時から辛酸を嘗《な》め尽くした者はないであろう。東海の太守今川義元の領地三河松平家の出で、三歳で母親と死別し、六歳で尾張の織田信秀のもとで二年間の人質となった。その後、さらに今川義元の人質となり、抑鬱《よくうつ》な少年時代を余儀なくされている。

長じてからも、同盟者の織田信長から宿敵武田氏への内通を疑われ、同盟を維持するため嫡男信康を切腹させ、正室の築山殿を殺させた。いっぽうで戦場《いくさば》の場数も多く踏み、幾多の激戦と修羅場をくぐり抜け、戦国の世の悲哀を限りなく味わってきた練達の武将である。

豊臣秀吉が天下を統一してからも、家康が領地の要衝甲府に城を築き完成間近となったとき、秀吉からとつぜん関東六か国への転封を命じられ、江戸に本拠を構えることとなった。加増のためという名目のもと、秀吉の内心はやがておのが座をおびやかす可能性をもつ宿敵を、遠く関東の地へ追い払ったのだ。

家康は、そうした過酷な体験の積みかさねから、生来の石橋を叩いてから渡るような慎重な資質に加え、不遇時の忍耐、野望成就への戦略、時宜《じぎ》を読む洞察力や人物を見ぬく慧《けい》眼など、天下人となるために必要な素養を十分に備えている。

また、家臣団の結束の強固さも天下に比類のないもので、俗に「徳川四天王」と呼ばれているのが酒井忠次、本多忠勝、榊原康政、井伊直政である。彼らは家康にとって武功で大いに貢献した武将である。

加えてもう一人、家康の知恵袋と称される政治参謀の本多正信が、つねに影のように家康につき随《したが》っている。

これまでに培《つちか》った素養と有用な家臣団――。これに強運が加われば、天下人を狙う家康にとってまさに鬼に金棒である。いまその家康の掌中に、大砲、鉄砲、弾薬を積んだリーフデ号が転がり込んだのだ。しかも、武器の操作に必要な技術者も含めて。

この予期せぬ〝宝船〟を手に入れる幸運に恵まれた家康は、いよいよ野望成就の機運が熟してきたことを実感した。

天下決戦

ウイリアムとヨーステンは、大坂城下から舟で堺に移送され、リーフデ号の仲間たちと再会した。クワッケルナック船長たち十九人は、みんな体調が回復し、元気になっている。仲間たちは、この国の最高権力者が友好的なあつかいに転じる結果をもたらしたウイリアムとヨーステンを、小躍りしながら取り囲んだ。

船長がうるんだ目でふたりを見つめ、手を交互に固く握りしめた。

「ありがとう。君たちを信じていたよ」

ほかの仲間もふたりに握手をもとめ、抱き合って感謝と喜びをあらわした。

はじめての異国の地で、しかもポルトガル人とスペイン人双方の誹謗中傷のなかで、リーフデ号の仲間たちは、明日の命が保障されない心細い思いをしていた。この国の極刑〝磔《はりつけ》〟にされるだろうと、彼らに吹聴されていたからだ。それだけに、拘束を解かれた仲間たちの喜びは一入《ひとしお》だった。

だが、仲間との再会で残念な報せも待っていた。リーフデ号積荷の一部が、何者かによってふたたび持ち去られていたのだ。ウイリアムらと再会する前日、乗組員全員が半日ほど堺の町の見物を許されたことがあった。そのときを狙って盗まれたという。

豊後で最初に船の積荷が奪われたときは、役人の努力でそれらが戻ってきた。そのため、この国は秩序が保たれているという信頼感が湧いたが、いまふたたび失望することとなった。

徳川家康は大坂を発ち、京の伏見城に寄ったあと、天下分け目の大戦にそなえて陸路を江戸へ下った。

嵐で傷んだ帆を、その場しのぎに修繕したリーフデ号と乗組員全員は、家康と同じ日に海路で江戸に近い浦和の湊をめざした。案内のため、家康の家臣数人が乗船している。

乗組員は皆な気力体力ともに回復し、操船に支障はないが、あいにく風の具合がすこぶる悪い。逆風に遭い、少し進んでは途中の湊に立ち寄って風待ちをくり返し、一向に船足が進まない。浦賀の湊は、江戸湾の入口にあたる三浦半島の東側に位置する。その浦賀に難渋《なんじゅう》のすえに着いたが、陸路を採った家康に十日も遅れた。

江戸の町の歴史は戦国時代よりも前にさかのぼり、長禄元年（一四五七）に太田道灌《どうかん》が江戸に城を築いたときに始まる。その後、相模国（神奈川県）を本拠とする関東の太守戦国大名北条家の支城城下町として栄えてきた。

家康が入府したのは天正一八年（一五九〇）で、それから十年たったこのころは、のちに〝大江戸〟と呼ばれるようになる基盤が整いつつあった。

江戸城も、それまでは狭い濠を掘った土を内側に掻き上げて土塁とする簡素なもので、城内の建物も少なかった。それが、家康の居城となってからは、天下を窺う実力者にふさわしく、広大で豪壮なものへと変貌しつつあった。

浦賀に着いたリーフデ号の乗組員たちには、そこで一軒の屋敷が与えられ、拘束されることなく行動の自由を得た。だがそれは、浦賀と江戸の町に限られた。単独行動も禁じられ、役人のゆるやかな監視のもとにある。それは一朝ことあるときのための、家康の備えであった。

商品である船の積み荷を奪われてしまった彼らは、これからの生活のめどが立たずに困っていた。いま、リーフデ号と乗組員二十一人の運命は、日本国で事実上の最高権力者徳川家康の掌中にある。ポルトガル人たちから吹聴されていた、死罪という最悪の事態は避けられたが、そうなれば当然つぎのことを考える。

――どうすれば、早期に全員が本国へ帰還できるか――

彼らがオランダを出航してから、もう二年近くが過ぎている。いかに未知の西回り大航海でも、すべて順調にことが運んでいれば、いまごろは本国に帰還し、凱旋さながらの大歓迎を受けていることだろう。彼らには、すでにそれほどの時間がたっているのだ。

――大航海が成功したとはいえないまでも、西回りで曲がりなりにもなんとか目的地の日本に到達することはできた。手ぶらででも仕方がない。生き残った自分たちは本国へ帰り、いっときも早く家族と再会したい――。

それがみんなの切実な願いであった。いまなら、残った乗組員は全員が元気を取り戻している。水や食糧さえ潤沢《じゅんたく》なら、リーフデ号を操って西回りの航路で帰国できるのだ。家康の信頼を得ているウイリアムは、いま仲間二十人の期待を一身に背負っている。それがわかっているウイリアムは、本多正信に家康への拝謁を願い出た。

江戸城の一室で謁見した家康の表情は、大坂城で尋問を終えたあとウイリアムたちに見せていた柔和な老将のそれではなかった。これまであまり目立たなかった眉間に寄った深い皺に、武将としての厳しさが滲《にじ》み出ている。

家康の下座脇には、大坂城では尋問のあいだひと言も発しなかった参謀役の本多正信が控えている。アダムスは正座し、見よう見まねで畳に頭をこすり着けるようにお辞儀をした。

「家康様に、お願いがあります」

堺の湊で、リーフデ号の多くの積荷が盗まれてしまったことを打ち明け、それらを取り戻してくれるよう願い出た。

「そうか。そのことは知らなんだ。災難であったのう」

ぶっきらぼうにいい、正信に命じた。

「その始末は、正信にまかせる」

「もうひとつ、お願いがあります」

ウイリアムは、仲間のみんなができるだけ早く帰国できるよう、取りはからって欲しいと願い出ようとした。長い航海に耐えられるよう、リーフデ号の修理もしなければならない。

「儂《わし》には、これから一世一代の大事が控えておる。なにかあれば正信に申せ」

家康はウイリアムの機先を制して、顎の先で正信を指した。そしてウイリアムに命じた。

「そちたちも、大事な役目が控えておる。大筒と鉄砲の調練に励め」

家康の不機嫌そうな口調に気圧《けお》され、ウイリアムは帰国の話しを切り出すことができない。

（このままでは、仲間のみんなが困る）

そう思ったウイリアムは、家康が通詞とともに部屋を退出したあと、居残っている本多正信に、帰国の許しを願い出ようとした。だが通詞はおらず、身振り手振りでそれを伝えることはむずかしい。

――自分たちは漂流状態で日本にたどり着き、いまこの国の最高権力者家康様に保護されている。リーフデ号の商品は何者かに盗まれてしまい、オランダへの帰還はおろか、自力で船の修理さえできない無力な立場にある。海賊の疑いは晴れたものの、まだ真の自由にはほど遠い。せめて、通訳なしで会話ができるようになれば――。

ウイリアムは、ことばの通じないもどかしさを痛切に感じた。そしてその強い思いが、持ち前の向上心に火を点けた。

（いつまでこの国に留まるのかは分らないが、この国にいるかぎりは、一日も早くことばをマスターしなければ……）

ウイリアムは、浦賀の屋敷に戻ってから、江戸城での一部始終を仲間たちに伝えた。

「そうであれば、しかたがない」

船長が力なく言う。

「いまは家康様の意向に従うことが、われらの願いがかなう唯一の道だろう」

船長のひと言で、皆んなは遠のく希望に肩を落としながら、家康という権力者に一縷《いちる》の望みを託した。

家康のいう「大事を控えているから、大砲と鉄砲の調練に励め」とは、どういうことなのか。この国の政情に疎《うと》い彼らは、世話をする役人に訊いてみた。だが、やはり身振り手振りだけでは通じない。だが大砲と鉄砲の訓練をするよう求められたことで、近いうちに戦《いくさ》があるだろうことは想像できる。

戦国乱世を経たこのころ、火縄式の鉄砲はポルトガル人から買い求めたものをもとに、各地の鍛冶職人が大量に複製・改良生産しており、有力な大名は多数保有している。このころの日本は「世界最大の鉄砲保有国」といっても過言ではなかった。

だが、青銅製の大砲は事情が異なる。ポルトガル人から大砲を購入した大名も幾人かいたが、複製する技術はなく、その保有は国内でも限られている。

わが国では大砲のことを「大筒」と称したが、このころ実戦で用いられた例は少なく、その威力のほどはあまり知られていない。大砲は鉄砲に比べ音での威嚇や破壊力ではまさるものの命中度に難があり、一般に「野戦より城攻めに向いている」と理解されていた。

また、鉄砲より射程の長い大砲は、焔硝《しょうえん》（火薬）を大量に必要とするが、その多くは明国（現在の中国）からの密輸に頼っていた。

リーフデ号の乗組員は、全員が一日がかりで大砲と鉄砲の手入れをし、家康の家臣の指示で、十九門の大砲と五百丁の鉄砲、砲弾・弾薬を浦賀の湊から船で江戸の湊に運んだ。

そこで家康の家臣四十人ほどと合流し、大砲と鉄砲、弾薬を十台の大八車に載せ、城下の郊外に果てしなく広がる荒野に運んだ。そこで射撃訓練をするという。

リーフデ号の武器は、商品であると同時に航海中の海賊への備えでもあった。そのため、アムステルダムを出航するまえに、乗組員の多くが射撃訓練を受けている。だが、苦難の連続だった航海中もさいわいにも海賊に遭遇することはなく、リーフデ号で実戦射撃の機会はなかった。

乗組員が指導して、徳川家の家臣たちに射撃訓練を続けたが、まさかこの訓練が、日本の歴史の一大分岐点となる——天下分け目の大戦——に備えたものとは、指導した彼らはだれも知らない。

その訓練に励んでいるさなか、ウイリアムに使いが来て、本多正信から江戸城への召し出しがあった。

「リーフデ号の荷品が盗まれたとのことで、堺で家臣に調べさせたがすでに方々に売りさばかれており、もう回収はかなわない」

「……」

それを聞いたとたん、ウイリアムは気力が萎《な》え、一気に全身の力が抜けた。

「そこで、盗まれた荷品に見あう弁償として、当座の生活に必要な金品をあたえ、それを指名した役人が一括して管理するよう命じた」

正信は、通詞を介してそう告げた。

船に積んだ商品をすべて日本産の銀に代え、船を修理して食料などを調達し、帰国の途につく――というオランダ出航当初の計画は、これで完全に潰《つい》えてしまったのだ。それでも、当座の生活に必要な金品はあたえられるとのことで、この国からただちに着の身着のままで追放されることはないようだ。

ウイリアムは、低頭して力なく答えた。

「わかりました。そのように船の仲間に伝えます」

夏の暑いさなかの訓練は、二十日間ほどで終わった。それから一と月半ほどは、何ごともなかった。いや正確には、ウイリアムをはじめリーフデ号の仲間は、浦賀の屋敷でなぜか外出を禁じられた。

ウイリアムは見張っている役人に、身振り手振りで理由を訊いてみたが、要領を得ない。一日も早くこの国のことばを習得しようとする気を削がれるようで、禁足を命じられているあいだ居たたまれなかった。

その間に家康は、世にいう〝関ヶ原の戦い〟に勝利し、念願であった天下取りの大望を成し遂げていた。

日中の暑気が去り、朝夕は肌寒さをおぼえるようになった九月の末に、浦賀の屋敷にとつぜん江戸城から使いが来た。これからは禁足を解き、自由に外出をしてもよいという。

戦勝の祝にと家康から酒肴が下され、一樽の葡萄酒《ワイン》も添えられている。葡萄酒は、彼らにとって本国では生活の一部だったが、かつて航海中に命をつなぐため舐めるようにして味わって以来のことだった。

「大義であった」という家康の労《ねぎら》いの言づてもあった。

皆んなは、これで家康様の大望は叶ったのだろうから、自分たちは帰還が許されるだろう――と期待を膨らませた。だが、彼らの切なるその思いはかなわず、帰国の見通しは立たないまま、家康は京へ向けて江戸を発った。

家康様を頼っているだけでは、帰還はいつのことになるかわからない――そう思ったウイリアムは、さっそく浦賀の町を中心に行動を起こした。目的は、この国のことばを習得することと、自力で帰還の手段を探し出すことである。

東アジアへの進出をめざすイギリスは、この年の十二月三十一日に、ロンドンに〈東インド会社〉を設立した。その翌年、イギリスに先行するオランダの商船隊がはじめて東アジアに到達し、マカオ（天川）に入港した。

三年前、オランダはリーフデ号ら五隻の艦隊で西回りの航路開拓をめざした。そのうちヘット・ヘローフ号のみがマゼラン海峡から本国へ引き返したが、艦隊のうち目的地の日本に到達した船があるのかどうか、確かめるすべはない。ほかに帰還した船が一隻もなかったことから、他の船は全滅したものと見られていた。

そうしたことやヨーロッパの政情が変わったこともあり、今度は

——東回り航路——で東アジアをめざしたのである。

運よく天下分け目の決戦を制した家康は、京に上り二年半ものあいだ伏見城に滞在した。その狙いは、江戸に幕府を開き、徳川家が武家の棟梁として末代まで君臨することにある。そのためには、朝廷から〈征夷大将軍〉に任ずる綸旨《りんじ》を得なければならない。その工作にあたり、指揮を執るのが家康側近の本多正信である。

家康が伏見城に在る間も、リーフデ号乗組員に帰国の許しは出ない。いま彼らは徳川家の客人として庇護されており、当面の暮らしには困らない。だがこのままでは、まさに〝飼い殺し〟にほかならない。

そうしたなか、家康の小姓で留守をあずかる後藤正三郎光次から、ウイリアムに江戸城への召し出しがあった。そこでウイリアムは、仲間の処遇について重大なことを告げられた。

「浦賀にいるそのほうたちの仲間二十一人全員に、毎年同額の手当金と同量の米をあたえることとあいなった」

これは、家康にすれば鉄砲や大筒・弾薬の代償であり、天下決戦勝利に寄与した彼らにたいする報償としても、けっして高いものではない。

リーフデ号の乗組員は、全員がおなじ待遇で毎年支給されると聞き、これまでにもまして日々の暮らしの不安は解消した。だがみんなの願いは、あくまで一日も早い本国への帰還にある。

お金があれば、人が多く異国人も多いであろう江戸の町に出ることができる——と考えたウイリアムは、船長の許可を得て分け前の金をもらい江戸に出た。

〝木賃宿〟と呼ばれる安宿を見つけ、そこを根城にさまざまな場所をひとりで訪ね歩いた。日本人、明国人、ポルトガル人、スペイン人などの商人や船乗りを探し、ヨーロッパの政情や南蛮へ渡る船便はないかなど、連日たずねて回った。

そうしたウイリアムの積極的な行動は、怜悧な頭脳と相まって日本語を習得する絶好の機会となり、ほどなく、日常の会話にはさほど不自由しないまでになった。だが、そうした行動にはお金がつきまとう。ウイリアムの分け前だけでは、どうしても足りない。そこで浦賀に戻り、クワッケルナック船長に相談した。

「いつも君にばかり苦労をかけて、すまないと思っている」

船長は、常に率先して行動するウイリアムを労《ねぎら》った。

「君は、みんなのためにひとりで苦労しているのだから、みんなの金を使いなさい」

「それでは、船長からみんなの了解を得てください」

「なかには反対する者もいるだろうが、わたしに任せなさい」

船長とのそうしたやり取りがあって、ウイリアムは全員が帰国できる方策を探して東奔西走した。だがその努力もむなしく、これといった方策は見つからない。肥前の長崎には、年に数隻ポルトガル船が来航していることを聞き知ったが、敵対する国の船は危険で、利用できるはずもない。

このころオランダは、日本を含むアジアとの貿易をめざして〈東インド会社〉を設立し、その貿易船もマカオに到達していた。だが、オランダ船が日本へやって来るのは、まだこれから七年も後のことになる。

馬込甚吉

リーフデ号の仲間は、いつまでたっても帰国できないため、しだいに苛立ちが昂じてた。そしてその矛先《ほこさき》は、船長やウイリアムに向けられた。十九人のうち、堺で勾留されていたのは……れているときポルトガルの宣教師に抜けがけをしようとした、ギルベルト・アベルソンとファン・オワーテルにほかの二人も追随し、四人が船長やウイリアムに反抗し
「われわれは、いつになったら帰国できるのか」

「われわれの運命は、いま徳川家康様の手ににぎられている」

「なにもせず、ただ待つだけなのか」

「いや、みんなのためにアダムスも動き回ってくれている」

「アダムスは、われわれの金まで使っているようだが、どうなんだ」

「彼はみんなのために苦労しているのだから、とうぜんだろう」

「その金は、われらの商品の代償なのに、おかしいではないか」

「家康様を頼るだけではなく、行動力のあるアダムスにも期待しようではないか」

「アダムスが、仲間みんなのために動き回っているというのはほんとうか」

「そのとおりだ」

「ほんとうは、遊び回っているのではないか」

「彼は信頼できる漢《おとこ》だ。そのことはみんな知っているだろう！」

ふだんは温厚な船長が、思わず憤慨して掌で座卓を叩いた。ことばや食事をはじめ、ことごとく習慣の違う異国に長くとどまり、しかも帰国の見通しがまったく立たないのだ。そのもどかしさからみんな苛立ち、仲間どうし口論が絶えない。

そうした状況が長く続いたため、船長とウイリアムに反抗する四人の乗組員は共謀し、残った金の分け前を持って出奔《しゅっぽん》した。その行先は知れないが、一度だけ見物したことのある異国人の多い堺の町をめざしたのだろうと、残った者たちは想像した。

ことばも通じない異国の地で、彼らはどうして生きていこうというのか。船長は艦隊の副指令官も兼ねている。その立場もあり、仲間割れはなんとしても避けたかったが、それを防ぐことはできなかった。

ウイリアムは、仲間の一部から疑いの眼差しを浴びながらも、帰国の手段を探し求めて江戸やその近辺を回っていた。そうしているうち、ある日一風変わった少年に出合った。

町人姿で身体つきは青年のように逞しいが、整った顔には子供じみた面影もある。黄色地に白い格子柄の小袖の後裾《うしろ》を腰まで捲《まく》し上げている。腰には木刀を差し、弁当らしい包みと竹筒もくくり着け、手には身の丈にあまるほどの長さの棒を持っている。

その少年が、たびたび後をつけて来るのにウイリアムは気付いた。ウイリアムが立ち止ると、少年も立ち止る。少年に近寄ってみたが、避けようとはしない。江戸では、老若を問わずウイリアムが話しかけると、尻込みしたり逃げ出したりする者も多い。だがその少年は他人懐《ひとなつ》こく、自分のほうから話しかけてきた。

「おじさんあちこちで見かけたけど、だれかを捜してるの」

「ああ、オランダ人や南蛮に行く船はないか、捜しているよ」

「異人さんなのに、日本のことばが上手だね。どこの国の人？」

「イギリスだよ」

「ふーん。その国の人が、どうしてほかの国の人を捜すのさ」

「日本には、ほかにおなじ国の人はいないが、ほかの国の人ならいるかもしれない」

「ふーん。おじさんの名前は？」

「他人《ひと》の名前を訊くときは、じぶんから名のるものだよ。この国でもそうだろう」

「あ、そうか。おいらの名は甚吉、馬込甚吉」

「マゴメ・ジンキチか。わたしの名前はウイリアム・アダムス」

「もっとかんたんに呼べないの」

異国人の名前が覚えにくいのは当然だと思い、幼いころの呼び名を思い出した。

「ウイリーでいいよ」

「ウイリーさんか。わかった」

「ジンキチ、その棒はなんのために」

「棒術さ。身をまもる武器だよ」

アダムスは日本へ来て二年ほどになるが、まだこの国の武術をなにも知らない。武士が大小二本の刀を腰に差しているが、斬り合いをするところや、その稽古さえも見たことがない。棒術とは一体どんなものか、興味をそそられた。

「ジンキチ、その棒を使って技を見せてくれないか」

「うん。いいよ」

頼まれた甚吉は、気軽に引き受けて、通りからはずれ叢《くさむら》の空き地に移動した。ウイリアムは興味津々《しんしん》でついて行く。甚吉は空き地のまん中に立って瞑目し、呼吸を調えてから棒を両手で右の腰に構えた。

それから前後左右に、突き、打つ、払う、の動作を目にもとまらぬ早技で、えいっ、

えいっ、と気合を発しながら、二度目は後方に反転し、三度目は元に戻った姿勢でくり返した。

実際には、突きは喉・鳩尾《みぞおち》、打つは両手、払うは両足の脛《すね》と、くり返すごとに想定する相手身体の部位に合わせて、三つの角度はそれぞれ異なっている。だがウイリアムにそれはわからない。

棒は甚吉が操るというより、まるで棒そのものが生きているかのように、自在に唸りをあげる躍動と静止をくり返した。静と動の絶妙な間合い、目にも止まらぬ速さ、無駄な動きのない洗練されたみごとな技だった。終わってから甚吉は呼吸を鎮め、どうだ、といわんばかりに、ウイリアムに向かって仁王立ちに胸を張った。

「すばらしい」

ウイリアムは思わず声をかけ、手を叩いた。はじめて日本武術の一端を垣間《かいま》見た感動と、軽薄そうにも見える甚吉の真剣な演武を称賛する拍手だった。

それで調子に乗ったか、甚吉は気持ちよさそうにいう。

「棒術は、刀術よりも強いよ」

「そうかな、刀で棒を斬られたらおしまいだろう」

若い甚吉があまりにも自信に満ちた態度なので、ウイリアムがなかば茶化すように言うと、甚吉は眉をひそめ、だから素人《しろうと》は困る―という顔をした。

「この八角に削った樫《かし》の棒は、固くて簡単に刀では斬れないよ」

「そうなのか」

「それに、棒は鞘《さや》を払わないぶん速く攻められるし、刀より長いから先に相手の急所を突くか、手や脛を打つ。それで勝負ありさ」

まるで棒術の達人のような口ぶりで説《と》いた。ウイリアムに武術の心得はない。が、甚吉のいうことは理に適《かな》っているように思えた。

「それを確かめたかったら、おいらをウイリーさんの用心棒にしなよ」

「いらない」

アダムスは首を横に振った。「ヨウジンボウ」の意味はわからないが「身を守るため棒を持ち歩くことに代えて、人に頼ること」と理解した。

そのころ、ちょうど昼餉《げ》どきだった。甚吉は腰にくくり付けた布包を解いて竹皮の包みを開き、二つの大きなにぎり飯をウイリアムの目の前に差し出した。

「おいらがつくったのさ。ウイリーさんいっしょに食べよう」

「ありがたい。いただこう」

甚吉は、本国のわが子と同じくらいの年ごろに見える。そうしたこともあり、ウイリアムは彼に親しみをおぼえ、初対面の少年の好意をすなおに受けた。

ふたりは近くにある寺の門前に行き、そこの石段に腰を下ろし、にぎり飯を頬張り、竹筒の水を交互に飲んだ。

ウイリアムは、日本に漂着したその日から、これまで何度もにぎり飯を食べた。外側に塩をまぶし、中に梅干しが入っているだけのこのにぎり飯が、なぜかこれまでの日本での食事のなかで、いちばん美味しいと思った。棒術の演武を見せてくれたうえに馳走にまでなった礼を言って、甚吉とその場は別れた。

ところが甚吉はよほど懐《なつ》いたのか、それとも暇を持て余しているのか、次の日の朝早くから定宿の前でウイリアムを待つようになった。親しくなった甚吉が邪魔になるわけでもなく、案内にも役立つと思い、ウイリアムは同道することにした。

甚吉は、はじめは異国人のウイリアムにもの珍しさから近づいた。だが、しだいに彼の知識や人柄に惹《ひ》かれ、敬慕するようになった。行動を共にするようになって数日してから、甚吉がウイリアムに思いがけないことを頼み込んだ。

「ウイリーさん、おいらを弟子にしてくれよ」

「デシとは？」

「おいらが、ウイリーさんからいろんなことを教わりたい」

「どんなことを」

「なんでもさ」

「わたしが異国人だからか」

「それもあるよ。異国のことや船旅のこと。そのほかなんでも聞きたい」

「それならデシでなくても、宿にくれば夜に話して聞かせるぞ」

「話しを聞くだけじゃないのさ。ウイリーさんは丸腰だから」

「マルゴシ？」

「そう、身をまもる武器はなにも持ってないだろ」

「持ってない」

「だから、おいらが師匠のウイリーさんを護り、世話もしてあげたいのさ」

「では、わたしはシショウ？」

「そうだよ」

まだ少年の甚吉が「護り、世話もしてあげたい」というのには、いささか驚いた。だが甚吉は、会うたびあまりにも熱心に言うので、ウイリアムはついに根負けした。考えてみれば、日本にきて二年ほどがたち、積極的に日本人と交わってはいても、まだ心の通じあう者は一人もいない。

甚吉の身形《みなり》からは、宿なしのようには見えない。生業《なりわい》はないのかと聞けば、刀術と棒術を教わる道場に住み込んで、師匠の身のまわりの世話と稽古に励んでいるが、住み込みの弟子がほかにもいて、道場を出ても師匠は困らないという。

弟子にしてもよいと思ったウイリアムは、甚吉の歳や身元を質《ただ》した。

「歳は十四」と答えるものの、あとははぐらかして身元を明かそうとしない。

「シショウに、身元を明かさないデシはないだろう」

痛いところを突かれた甚吉は、しかたなさそうに打ち明けた。

「おいらの父親は、日本橋大傳馬町の名主で、馬込勘解由平左衛門というひと。でも、おいら勘当されたんだ」

「カンドウ?」

「親子の縁を切られたのさ」

小さな声でそう言って、淋しそうに下を向いた。ウイリアムは、町人に姓がないことを知っている。だが甚吉は、マゴメという姓を名乗った。しかもナヌシというのは、なにか父の役名らしい。それがどうして、まだ子供なのに親子の縁を切るようなことになったのか。不思議に思い、理由《わけ》を質した。

「言いたくない」

いつも陽気にふるまっている甚吉が、唇を噛み急にうち沈んだ表情になって黙り込んだ。よほどくやしい事情があるものと思い、無理に訊かないことにした。

「よしわかったジンキチ。デシにしよう。そのかわり、道場のシショウにはかならず許しを受けるのだぞ」

「はい。わかりました」

沈んでいた甚吉がすなおに応じて、にっこり笑った。その笑顔が、歳の近い息子のジョセフと重なって見えた。

初の洋式帆船

慶長八年（一六〇三年）の二月十二日、ついに朝廷から

―征夷大将軍に任ず―　との綸旨が下り、徳川家康は武家の棟梁となった。

家康は江戸に幕府を開き、江戸はわが国行政の中心地となった。これからのち、江戸の町は急速に拡大・発展を続け、やがて人口一〇〇万という近世で世界最大の都市となる。が、この時点での人口はまだ二十数万である。

この年、ウイリアムの本国イギリスでは、国王エリザベス一世が亡くなりジェームス一世が王位に就いた。もとより、ウイリアムには知りうるすべもない。

家康は、将軍になってから江戸に居続けている。ある日、家康の側近本多正信の使いが来て、ウイリアムは江戸城に召し出された。家康に拝謁するのは三年ぶりで、将軍となってから初めてのことである。

（家康様は念願の日本国皇帝となり、いよいよ待ちに待ったリーフデ号の仲間に帰国の許しが出るのでは―）

ウイリアムは、そう期待しながら登城した。城は濠が拡幅され、その両岸は石垣が高く築かれ、建物の増築などが盛んに行われており、それらに従事する大勢の人夫で混雑している。

江戸城の縄張りは、家康が居城としてから大きく拡充されたが、それでも全体に質素な構えであった。それが将軍となってからというもの、幕府の本拠にふさわしく、広い水濠に囲まれ高い石垣のそびえる豪壮な城へと急速に変貌する。そうした大改修は、工事を外様大名に割り当てた〝天下普請〟によってなされている。

通常、将軍が諸大名と対面するのは、本丸御殿の豪華絢爛《けんらん》な大広間である。そこは諸大名に将軍の権威を見せつけるため、序列や礼式など、立ち居ふるまいに厳格なしきたりがある。

だが、ウイリアムが拝謁を許されたのは、中奥と呼ばれる将軍の私的な御殿で〈御休息の間〉という将軍くつろぎの部屋である。そこは質素で落ち着いた造りとなっており、将軍の座す間《ま》と対面者の間《ま》に段差がない。間合いも近く親密感が湧く。

家康は柔和な表情でウイリアムを迎え、ポルトガル人の通訳を介して訊いた。

「そちとは久しく会わなんだが、そちや仲間たちは息災であったか」

「このたび家康様は大将軍となられ、まことにおめでとうございます。リーフデ号の仲間も、みんなこころから喜んでおります」

正座して威儀をただしたウイリアムは、通詞が訳する前に流暢《りゅうちょう》な日本語であいさつし、深々とお辞儀してから続けた。

「リーフデ号の仲間はみんな元気で、本国へ帰る日を今日か明日かと待っております。ところが、仲間のうち四人はみんなで帰る日を待ちきれず、どこかへ行ってしまいました」

（この漢《おとこ》は、わずか三年ほどのあいだに――）

母国語のほか葡萄牙語や阿蘭陀語まで駆使するというウイリアムが、今また日本語まで覚えたすぐれた才能に、家康は唖然とした。ウイリアムよりも数年も前から日本に滞在する通訳のポルトガル人が、自分よりはるかに上手く日本語を操るウイリアムを、あきれた表情で茫然《ぼうぜん》と見ている。

家康は初めて会ったときから、ウイリアムのことを博識で豊かな才能をもった漢《おとこ》だと見抜いていた。だが、これほどとは――。

（如才のないこの漢なら、きっとやり遂げよう）

これから命じようとすることに確信を持った家康は、必要なくなった通詞に退出を命じた。そのポルトガル人は、意外な展開に一瞬表情を曇らせてから、しかたなさそうに一礼して退出した。

「じつは、余からそちに頼みがある」

ウイリアムは軽くうなずき、家康の目を見ながら次のことばを待った。

「そちは『いぜん、船大工の見習いをしていたことがあった』と申したな」

「はい、そのとおりです」

「小さくてもいい。リーフデ号のような、外海《そとうみ》を走る船を造ってくれ」

(自分たちを帰すための船なのか——)

ウイリアムは、一瞬そう思った。だがそれなら新たに造らなくても、リーフデ号の修理をすればことは足りる。目的はほかにあるのだ。

「恩人の家康様のおことばですが、わたくしにはできません」

ウイリアムは明確に断った。

この国にイギリス人は自分だけしかおらず、本国を代表していることになる。自分の言動は、本国の民の印象を決定づけることになりかねない——そうした慎重な思いから、将軍の頼みとはいえ、できる確信がないのに安易に引き受けることはできない。

「理由《わけ》を申せ」

「外洋船をまだじぶんで造ったことがなく、できるかどうかわからないからです」

家康は、ウイリアムの率直で正直なところを好ましく思っていた。

「ならば挑《いど》んでみよ。そのために要《い》りようなことは、余になんなりと申すがよい」

ウイリアムは家康から目をそらし、かるく首をかしげて考えている。そのとき、家康が追い討ちを掛けた。

「もし、仕損じたとしても、そちを責めはしない」

「いつまでにできあがればよいのですか」

「そちにまかせる」

—挑戦せよ。必要なことはなんでも申せ。

—失敗しても責任は問わない。完成までの期限もない。

将軍から挑発するようにこれだけのことをいわれたら、断るのはむずかしい。むしろ、向上心旺盛なウイリアムのプライドに火が点いた。よし、挑戦してみよう—という気概が、慎重な思いを凌駕《りょうが》したのだ。

リーフデ号の仲間に、ピーター・ヤンスゾーンというウイリアムと同じ年配のオランダ人船大工がいる。彼は、リーフデ号の航海中に必要な補修や修繕のために乗り組んでいた。そのヤンスゾーンが造船にも大いに役立つだろう。

「わかりました」といって、平伏した。

家康の説得に応じたウイリアムは、挑戦するが、必要な資金のほかはできるだけ家康様の手を煩わすまい―と考えた。これも、母国を代表する気概からくる自身のプライドである。

ウイリアムは下城してから、宿で思案をめぐらした。

この国で西洋式の外洋帆船を建造するとなると、いくつかの問題がある。大勢の船大工や造船場所の確保、それに用材を含む材料などをどうして調達するか。

なかでも大きな問題は〝ドック〟である。大型船を建造するにはどうしても必要だが、日本にはまだ大型外洋船建造の技術や設備もないようだ。だからこそ、家康様はこのことを自分に課したのだ。

そこで思案のすえに、三段階の方法を思いついた。

―大きな川の河口中州に大きな穴を掘り、掘った土で穴の周囲に土手を築く

――穴の中に台座と足場を組み、そこで船を建造する
――船体の完成後土手を壊し、穴に注水して進水する

甚吉はいま、木賃宿でウイリアムと一緒に暮らしながら世話をしている。

お師匠さんは、朝からお城に行ってくるといって出かけたけど、帰ってから一日中黙りこんだままで、なにがあったのだろう――。

そう心配した甚吉が、夕餉のときに遠慮ぎみに訊いた。

「お師匠さん、なにか心配ごとがあるのですか」

「ああ、気にしなくてもいい。考えごとだ」

「どんなことですか」

「将軍の家康様にたのまれて、大きな船を造ることになった」

「ええーっ」

甚吉は手に持った茶碗を落しそうになり、驚きとも悲鳴ともつかない素っ頓狂な声を上げてのけ反った。

天下の公方《くぼう》様から、直々に頼まれごととは。このお師匠さんは、一体何者なんだろう

――。いつも優しい異人の師匠が、いきなり偉く遠い人になったように思えたが、それで師匠をますます好きにこそなれ、遠慮が増すような甚吉ではない。

「お師匠さん、大丈夫ですか」

甚吉が気を取り直して訊いた。

「ああ、なんとかなるだろう。がんばってみるよ」

心配しなくてもいい――そんな表情で告げた。

「甚吉、これから忙しくなるぞ」


ウイリアムはヤンスゾーンと甚吉を伴い、幕臣の案内を頼りに江戸を中心に海上から造船に適した場所を方々探して回った。だが、江戸湾や近郊には適地が見つからない。そこで範囲を幕府直轄領に広げ、東は常陸国（茨城県）から西は伊豆国や駿河国（静岡県）まで、舟で各地の河口を探して回った。

そしてついに、恰好《かっこう》の場所を見つけた。伊豆半島の東側に位置する伊東は松川の河口である。そこには中州こそないが、河口の傍らにこんもりと川砂の堆積した砂丘がある。そこに巨大な穴を掘り、ドックにすることができる。

さいわいにも伊東は和船造りが盛んで、優秀な船大工も多いという。松川の上流天城山麓には材料の木材も豊富で、伐倒すれば松川を筏《いかだ》で下せることも分かった。

その調査の合間には、ヤンスゾーンとともにたびたび浦賀に立ち寄り、新しい船の設計データを得るため、係留中のリーフデ号の船体を隅々まで調べあげて記録した。

ウイリアムは、湊でリーフデ号を見るたびに、いくども死線を越えてきた過酷な大航海を思い出す。そして、よくぞ日本までたどり着いてくれた——と、あらためて神とリーフデ号に感謝の思いが湧く。その船が補修もされず、航海することもなく、ただ朽ち果てるのを待つかのように、ひっそりと係留されている。

ウイリアムは、リーフデ号のデータを新造船に活かすことで、感謝と労いにしようと綿密に調べ上げ、それをもとに新しい船の設計図を画きあげた。

そうした周到な準備のもと、いよいよ建造に取り掛かった。地元の優秀な船大工の棟梁五人を選び、その中から頭《かしら》を一人互選させた。ウイリアムが技術の統括をして、ヤンスゾーンとともに頭や四人の棟梁、その弟子たちに、西洋の技術を伝授する。

現地の船大工たちが驚いたのは、その工法だった。はじめに造りたい船の寸法を縮小して紙に図面を描き、図面にしたがい部材を加工し組み立てる。その手順は、これまでの和船工法とはあきらかに違っていた。それまでは、棟梁の頭のなかで描いた空想の図面をもとに、弟子に口伝で技術を教えていたが、伊東の和船は、そうした技術でこと足りていた。

船の建造をしているさなかに、家康が軍船で伊東の現場を検分に来た。順調な進みぐあいを見て、ただ一言「大義である」とウイリアムに声をかけ、満足そうに笑みを浮かべた。

（この漢《おとこ》は、期待を裏切らない）

そう確信したのだ。幕府の直轄地とはいえ、江戸から遠く離れた伊東の造船現場に将軍みずから足を運ぶなど稀有《けう》なことで、ウイリアムにたいする期待の大きさを表すできごとだった。

翌、慶長九年（一六〇四年）のはじめ、三百トンのリーフデ号に比べ二回りほど小さいが、そっくりの形をした八〇トンの帆船が完成した。

―日本初の西洋式外洋帆船―　であった。

三本マストのその船型は、笹舟のように船底が平らな和船とは異なり、船腹が流線型で膨らみ、船底も反って丸身をおびている。外洋船らしく重心が低く、安定性に優れている。この船が完成してから、ウイリアムは二、三度近海を試運転で航海した。

日本初の西洋式外洋帆船を造ってから、家康のウイリアムに対する信頼は確固たるものとなった。そうした家康の心情を表すように、暇を見てはたびたび江戸城に召し出し、御休息の間でウイリアムに質問の雨を降らせた。

その内容は、ヨーロッパ各国の政情や宗教・文化に関するものから、貴族や庶民の生活に関わるものなど多岐にわたった。これに対しウイリアムは、知り得ることは的確に語り、知らないことは想像や推測を交えることなく「見たことがありません」「わかりません」と率直に答えた。

そうしたウイリアムの真摯《しんし》な態度に、家康は「アダムスは、信頼に足る唯一無二の欧羅巴《ヨーロッパ》人ぞ」と、側近の正信に漏らした。

一六〇五年（慶長十年）のはじめ、いつものように家康から召し出されたウイリアムに、リーフデ号乗組員にとって待望の朗報がもたらされた。

本多正信がウイリアムに質した。

「肥前国の平戸藩が、リーフデ号の乗組員を南蛮のタイ国（当時の国名：パタニ王国）まで送りたいと、外洋船の建造を願い出てきた。ついては、そちたちの存念はどうか」

外洋船といっても、ウイリアムが造ったような西洋式帆船ではない。平戸に密貿易で来航の多い明国（現在の中国）式の大型ジャンク船で、そのころ日本では〝唐船〟と呼んでいた。

ウイリアムはここぞとばかり、仲間を代表して切実な思いを訴えた。

「わたしたちにとりましては、またとない話しです」

家康が無言で肯《うなず》いた。

「ぜひとも、これをお許しになるようお願い致します」

南蛮まで渡っても、それから先のことはどうなるかわからない。だが、これまで方々をたずね回ったなかで、いく人かの異国人と出会い、漠としたものではあったが、ヨーロッパの情勢が変わりつつある――という感触は得ていた。

これまでのように、ただあてもなく不安なままこの国にとどまるより、同じ不安でも南方まで渡ることが先決なのだ。渡航できれば、本国への帰還の機会が増すことは疑いないだろう。そして、この機会に期待をつなぐことが仲間全員の希望であることは、あらためてみんなに訊くまでもない。

もしこれが実現すれば、こうした平戸藩の好意に対して、オランダはなにか返礼の行動に出るに違いない。ウイリアムは、それが日本とオランダ両国の友好関係を築くきっかけになることを期待した。

この件の結論は、後日、本多正信から告げられた。

「平戸藩主から願いのあった外洋船建造のことは、そちたちの願いどおり、これを許した」

リーフデ号のもたらした武器弾薬は、家康の天下取りに大いに役立った。だが、乗組員は果たしてこのまま飼い殺しの状態でいいものか――。幕府は事後の処置に困惑していた。そのようなとき、平戸藩から送還の申し出を受け、幕府にとってまさに渡りに舟だったのである。

ウイリアムがさっそくこのことをリーフデ号の仲間に伝えると、船長をはじめみんなは小躍りして喜んだ。日本の皇帝家康とじかに会うことができるウイリアムは、今リーフデ号仲間の期待を一身に背負っている。

平戸の三代藩主松浦《まつら》肥前守隆信（宗陽）が、リーフデ号の乗組員をタイ国まで送り届けたい―と外洋船の建造を幕府に願い出たのには、藩の浮沈を賭けた事情があった。それは、近い将来オランダとの交易開始をもくろんだ先行投資だったのだ。

平戸の松浦家では、西海の地の利を活かし、長く異国とかかわってきた歴史がある。古くは十三世紀から十四世紀にかけて、朝鮮や唐（現在の中国）を中心に海賊まがいの交易が盛んに行われ〝倭寇《わこう》〟と呼ばれていた。

十六世紀後半には、明国の大海賊五峯王直との密貿易に始まり、その王直を介してポルトガルとの交易も盛んになった。それを目当てに、博多や堺などの商業地から多くの商人が集まり、そのころ平戸は

―西の都―

と呼ばれるほど賑わい、領国の財政も大いに潤っていた。

当時の明国は〝海禁策〟を採っており、民間の交易を禁じていた。それを犯すことは〝密貿易〟で、為す者は〝海賊〟であった。

ところが、平戸に長くとどまり異国との交易に多大な貢献をしていた大海賊の五峯王直が、高齢となって里心がつき明国に帰ってしまったのだ。それからの松浦家は、領国

の隆盛に陰りが見え始めた。

いっぽうで、それまでポルトガルとの交易を奨励した結果、領内に切支丹が急増し、彼らと仏教徒のあいだで諍《いさか》いが絶えず、ときの領主隆信（道可）は、その対応に苦慮していた。

そうしたなか、領内でポルトガル側からの信用を一挙に失ってしまう一大事件が起きた。城下七郎宮の祭礼のとき、門前でポルトガル人船員が布地を売っていたが、言葉が通じないため、客である仏教徒の領民と口論になった。それがもとで周囲を巻き込んだ大騒動となり、たがいに抜刀する大乱闘となった。その結果、ポルトガル側に十四人もの死者が出る惨事となった。

この〝宮の前事件〟で、領主隆信が公正な事後の処置を講じなかったため、ポルトガル側の心証を大いに害し、それ以来、ポルトガル船の寄港は肥前大村領の横瀬浦や長崎に近い福田港に移り、その後平戸へはわずか一度来航しただけにとどまった。

その後南蛮貿易は途絶え、明とのささやかな密貿易だけで藩財政が窮乏していた平戸藩は、オランダとの交易に大きな期待を掛けたのだ。

石高六万三千二百石の平戸藩の領地は、平戸島のほか壱岐を含む周囲の島々と本土の西北部で、その範囲は広大であるものの平地には乏しい。藩にとっては、西海に面した地の利を活かした異国との交易こそが、財政浮沈の〝鍵〟だったのである。

第二章　三浦按針

紅毛碧眼《こうもうへきがん》の旗本

　ウイリアムは、将軍家康に誠実一途で対応していた。それこそが、本国への帰還がかなう早道と信じてのことだった。だが神の悪戯《いたずら》なのか、現実はウイリアムの想いとは逆の方向へと進んでいた。

　あるときウイリアムは、いつものように家康から江戸城に召し出された。このとき指定された部屋は、これまでのように中奥御殿ではあったものの、御休息の間ではなく〈黒書院の間〉であった。そこは将軍の私的な部屋ながら、将軍の座は一段高く設《しつら》えてあり、しばしば公的な用務にも使われている。

　その黒書院の間で、ウイリアムは威儀を正して待っていた。拝謁の場所がいつもとは違い緊張ぎみのウイリアムは、家康が入室する気配を感じてすぐに平伏した。

上段の間に着座した家康が、平伏したままのウイリアムに声を掛けた。

「面《おもて》を上げよ」

顔を上げると、家康の背後には太刀を持った少年が控え、下段の間の上座脇に本多正信が侍《はべ》っている。これまでの御休息の間では、背後に太刀持ちが控えることなどなかった。これまでにない堅苦しい雰囲気が漂い、ウイリアムの緊張は解けない。

そうした中で、家康はとつぜん重大なことを告げた。

「アダムスよ、余はこれまでそのほうを客分としてきたが、これよりは余の旗本として召し抱えようぞ」

まさに、青天の霹靂《へきれき》であった。ウイリアムは〝旗本〟が将軍の直臣をさし、諸藩の武士や江戸の町人からは、本国でいえば貴族のように崇《あが》められる存在だと知っている。

（どうして、じぶんがそのハタモトに？）

あまりにも唐突なことで、驚きのあまりしばらくはことばが出ない。見かねて、正信が促がした。

「これアダムス、上様にお礼を申しあげよ」

いや、待ってほしい。将軍の直臣となれば、これからどうなるのか。帰国はますます遠のいてしまうではないか。しかもさきごろ「リーフデ号の乗組員をタイ国まで送還するため平戸藩から出されていた外洋船建造の願いを許した」と、聞かされたばかりなのだ。

ほかの仲間と同じように帰国を待つ家族がいるのに、どうして自分だけが帰国を許されないのか。これほど大事なことへの即答など、できようはずがない。

「家康様、しばらくのあいだ考える時間をください」

ようやく、そのひと言が出た。

「もう決めたことだ」

「このように大事なことを、わたくしの一存で決めることはできません」

「……」

こんどは、家康が黙した。

「艦隊の副司令官を兼ねた、船長の許可が必要なのです」

「さもあろう。だが、それはあとにせよ」

手順を踏んで、なんとしてもこの件ばかりは固辞したい——と思うウイリアムの心底を見透かすように、家康はたたみ掛けた。

「いちど決めたことを、覆すことはない。知行地として、相模国（神奈川県）三浦郡逸見《へみ》村二百五十石を与える。こののちは、名も日本名にあらためよ」

「……」

有無をいわさぬ家康に気圧《けお》され、ウイリアムはまたもことばが出ない。

さきの天下人豊臣秀吉は、生前〝唐入り〟と称して無謀にも二度にわたり朝鮮征伐を強行し、それが失敗に終わってから諸藩や民の暮らしは疲弊していた。これを立て直すため、家康は異国との交易に目を着け、江戸に近い浦賀の湊を現在でいう〝国際貿易港〟とする構想を描いていた。そのため、そこを按針の知行地と決めたのだ。

「そちの名は、三浦の領主で航海長であったそちにふさわしい、『三浦按針』とするがよい」

「……」

家康から目で指示された正信は、

―三浦按針―

と認《したた》めた半紙を懐から取り出し、ウイリアムに示した。

大坂城で家康から最初に尋問を受けたとき、ウイリアムは問われるまま西洋の航海術について語った。そのとき、外洋航海に欠かせない〝羅針盤〟のことを話したが、日本にはまだない文明の利器のことを、家康は覚えていたのだ。

日本語で〝按針〟には〝水先案内人〟の意味もある。

将軍からそうした日本名まで用意され、こうもたたみ掛けられては人一倍意志の強いウイリアムも、帰国のことはつぎの機会を待つしかないだろう――という気にならざるを得ない。やむなく平伏して言った。

「……つつしんで、お受けします」

「そちは、こんにちより日本人三浦按針に生まれ変わった。旗本であるから帯刀せよ。ただし、戦の賦役は免ずる」

家康は、所領と石高それに軍役免除を証する〈給地朱印状〉と、金襴の刺繍がほどこされた豪華な刀袋に収まった大小の刀を、正信を介してウイリアムに下賜した。

それは、わが国ではじめて
―紅毛碧眼の旗本―

が誕生した瞬間であった。

ウイリアムは平伏して日本名「三浦按針《ミウラアンジン》」を胸のなかで二度、三度となぞってみた。よい名だと思う。異国人でありながら将軍から領地と日本名を与えられるとは、名誉このうえもない。

だが、なぜか胸の内に燃え滾《たぎ》るような高揚感は湧いてこない。それは、本国の貴族にも匹敵する旗本の地位を与えられた栄誉感と、同時に本国へ帰る機会が遠のき生涯帰国できないかも知れない——という不安感とが拮抗《きっこう》したからだ。

ウイリアムがすべて受け容れたことを見届けた家康は退出した。それを平伏して見送ってから、ウイリアムは下座に居残った正信に訊ねた。

「旗本は、わたくしだけでございますか」

「この国にとどまるのが、そちだけでは寂しかろう」

ウイリアムは、無言で小さく肯いた。

「そちの仲間ヤン・ヨーステンを、旗本より格下で切米五十石の〝御家人並み〟とする。が、そちとはちがい上様への目通りはかなわぬ」

将軍に対し直に拝謁できるのは、大名と旗本だけに許される特権である。

知行石高とは領地の石高で、百姓の取り分を差し引けば、ウイリアムの収入は通常その半分百二十五石となる。いっぽうヨーステンの切米五十石は、そのまま米の現物で支給される。このときウイリアムの胸中に、ひとつの疑念が浮かんだ。

（ヨーステンはこのことを納得するだろうか。彼だって帰還を望んでいるはずだ）

だがその思いは一瞬であった。いまは自分のことが精一杯で、ヨーステンを深く気づかう余裕はなかった。

「では、旗本としてこれからわたくしの役目は、どのようなことを」

「これまでのように、異国とのつき合いかたや交易のことで、上様のご下問にたいし言上《ごんじょう》することじゃ」

これは、現在でいう〈外交・通商顧問〉である。役目はこれまでと変わらずとも、異国人の身で旗本となれば、周囲の好奇の目はいやがうえにも増す。

「そちは、これにて正式に上様の家臣となった。これよりは『家康様』ではなく『上様』とお呼びせよ。いでたちも旗本らしくのう」

これまで着物を着たことがなく、動きやすい洋服で通してきたウイリアムを戒めてから、正信は懐から金粒の入った小袋を取り出し、ウイリアムに差し出した。

「これは当座の支度金じゃ。おっつけ、屋敷もあたえよう」

「……ありがたく、ちょうだいいたします」

按針は、それをおし戴いた。

本来「旗本」とは、軍陣で大将のまわりを護り固める家臣団をさす。が、徳川家では発祥地三河以来の古参直臣で、知行二百石以上一万石未満をいい、それ以下の直臣を「御家人」と呼ぶ。一万石以上は「大名」である。

戦場《いくさば》においては、旗本は騎馬で御家人は徒士《かち》がならい。それぞれ石高に応じた人数の家士を養い、戦時にはその人数の出役義務が伴う。だが軍役を免除された按針には、決められた家士の人数はない。旗本に限らないが、幕府の常勤役職に就くと知行石高のほかに俸禄が加算される。だが、按針の立場は幕府の常勤職ではないため、その加算はない。

その日、ウイリアムが城を下がり町の定宿に戻ると、いつものように甚吉が待っていた。ウイリアムは部屋で立ったまま、甚吉に告げた。

「きょう、お城で上様から旗本に取りたてられて、三浦按針の名をいただいた。知行は二百五十石とのことだ」

「ええーっ」

甚吉は素っ頓狂な声を上げ、立ち上がっていきなり按針に抱きつこうとした。が、途中で思いとどまり、正座し直し両手を着いてあらたまった。

「お師匠さん。いいえ、殿様。お旗本にご出世おめでとう存じます」

まだとまどいの残るウイリアムの前で、甚吉はただ無邪気に喜んだ。

「おまえが望むなら家来にしたいが、士《さむらい》になるのはどうだ」

異人ウイリアムの弟子になったことで遠のいていた士になる夢が、突然《とつぜん》実現することになったのだ。甚吉は有頂天になり、急に表情を輝かせた。

「それは、願ったり叶ったりです」

ウイリアムは、そのことばは初めて聞いた。が、甚吉のはしゃぐような喜びようから、望んでいたことが実現したことだと理解した。

「名も、士らしく変えないとな」

「それは、殿様にお願いします」

「いや、じぶんで決めたらいい」

「それでは……。甚九郎はいかがでしょう」

「マゴメ・ジンクロウか。それでいい」

士になり、それらしく名も変えた甚九郎は、満面の笑みである。

「すぐに名を決めたが、なにか理由《わけ》でもあるのか」

「はい、じつは――」

そういって理由を語った。道場の師匠から聞いた話しで、その昔、武芸に秀で戦の巧みな判官《ほうがん》九郎義経という名高い源氏の大将がいた。その武将に憧れていたので、迷うことなく肖《あやか》ったのだという。

その日の夕刻、ウイリアムは甚九郎を連れて近くの武具商を訪ね、二人分の刀を購《あがな》った。自身と甚九郎が身に帯びるものである。将軍から拝領した刀剣は、ふだん身に帯びるにはあまりにももったいない。


旗本となった按針には、後日江戸城のすぐ南に位置する旗本屋敷の集まる日比谷の一角に屋敷が与えられた。その屋敷に、住み込みで下働きの中年夫婦と、身の回りの世話をしてもらう通いの女中を一人雇い入れた。下男は吾助、女中の名は民である。それらは、三十半ばと見える本多正信の家士が、世話をしてくれた。

按針の屋敷のあった一角は、「按針町」の名で後世に残る。のちに按針は、領地の逸見《へみ》村に屋敷を購った。

按針の家来甚九郎は、若党として俸禄を受け一人前の士となった。あるじの呼び名も「ウイリーさん」に始まり「お師匠さん」に、そしていまは「殿様」へと変った。その呼び名が変わるごとに甚九郎も成長し、紋付・袴で腰には二刀を差し、しだいに士姿が板についてきた。

いま甚九郎は、これまでにも増して按針が感心するほど喜々として身のまわりの世話をやき、手足となって働いている。あるじに頼み込んで屋敷の一室を道場にし、朝晩の棒術と刀術のひとり稽古も欠かさない。

按針は、当面この国に腰を据えなければならなくなったため、甚九郎に英語と蘭語を教えることにした。それを聞いた甚九郎は、「ええーっ」と、またもや素っ頓狂な声を上げた。

「使うこともない異国のことばを教わって、どうするのですか」

武芸には自信満々でも、どうやら学問のほうは苦手らしい。

「学問というのは、人の心を豊かにするもので、身につけておいて損することはない。それに、この国もこの先どう変わるかわからない。おまえだって、異国へ行くことがあるかもしれない」

「……」

甚九郎は下を向いたまま、無言の抵抗をしめした。

「わたしからなんでも学びたいから、弟子になりたいといったのではなかったか」

「……はい」

甚九郎はしかたなさそうに肯いた。そこを突かれると一言《ごん》もないのだ。按針は手作りの辞書で、英語と蘭語の会話を偶数の日と奇数の日に分けて指導した。

旗本は平時でも騎乗が許されるが、按針は馬に乗ったことがない。そこで馬を購い屋敷近くの馬場で馬術の稽古を始めた。江戸城の周辺には、騎乗する旗本のために、火災の延焼を防ぐ〝火除《よけ》地〟をかねた馬場が各所にある。

武士の乗馬は通常踏み台をつかい、馬の右側から乗り降りするのが習慣と教えられた。長身の按針に踏み台は要らないが、どうもうまくいかない。それは左腰に二刀を差しているからで、按針はあえて左側から乗り降りすることにした。

いっぽう御家人並みとなったヤン・ヨーステンは、「耶楊子《やようす》」の名で呼ばれた。職制は小普請《こぶしん》組で、平時は特段の仕事はない。御家人用の小さな屋敷が与えられ、そのそばには河岸《かし》と呼ばれる堀割の船着き場がある。のちに屋敷跡が耶楊子の名から転じて八重洲《やえす》河岸となり、後世東京「八重洲」の地名の元となる。

按針が旗本になってから数日後の夕刻、江戸城内にある本多佐渡守正信の役宅を訪ね、領地のことなどについて相談した。家康の政治面での謀臣で知恵袋と称される正信は、相模国（神奈川県）玉縄一万石の大名である。その正信によると、按針が拝領した逸見村の領地は、これまで幕府の直轄地で村の百姓は八十五戸という。

「年貢は、どうしたものでしょうか」

「これまでもそうであったが、もっとも多いのは五公五民、つまり収穫したものを領主と百姓で折半することじゃ」

「ほかには、どのようなものがありましょうか」

「おおかた、四公六民から七公三民のあいだであろう」

「四公六民から……」

「それは領民のことも斟酌《しんしゃく》し、領主たるそちが決めること」

そのあと按針は、旗本としての日常の心得などを訊いた。そのなかで正信は「ちょうどよい折じゃ」と言って刀の手入れの仕方を細かく教えてから諭した。

「刀は武士の魂ともいう。上様が下された差料は、けっして粗略にあつかってはならぬぞ」

―刀は武士の魂―

このことばが、こののち按針の精神《こころ》を捉えて離れなかった。

最後に正信はひとりの若い家士を呼び、按針に紹介した。

「この者は、余の家来で榎本兵庫と申す。こののち、そちとのつなぎ役を申しつけるゆえ、さよう心得よ」

その榎本は、つい先日、按針のために女中や中年夫婦を雇う世話をしてくれた家士であった。


幕府の重鎮本多正信から旗本としての心得などを教わり、準備を整えてから、按針は従者甚九郎と領地の浦賀に行った。クワッケルナック船長に会うと、船長は洋服姿から紋付羽織に袴、腰には二本差しと、士姿に変身した按針を見て「おう！」と叫んで両手を広げ、大仰に驚いてみせた。

按針は、旗本となった経緯《いきさつ》と日本名を与えられたことを伝え、船長へは事後報告となったことを詫びた。按針は、これまで将軍家康とのかかわりを逐一報告していたため、船長は容易に事情を理解した。按針のすぐれた能力や人格からして、旗本に登用されることも予想のうちにあったのだ。

「おめでとう。君がこの国の皇帝に認められてハタモトという貴族になることは、仲間のわれわれにとっても、おおいに名誉なことだよ」

そういって祝福の握手をしてから、顔を引き締めてことばをつないだ。

「ただ、全員が帰国できるように尽力してくれていた君がハタモトになって残り、われわれだけが先にタイ国へ行くのは、なんとも複雑な思いだがね」

「わたしも、おなじ思いです」

「そうだろうな。ヨーステンもこの国にとどまるというから、気の毒だがこれからもふたり一緒にがんばってくれ」

リーフデ号の仲間は、按針からの報告で近く平戸藩から送還のためタイ国へ船が出されることを知っている。船長と話しをしているあいだに、ヨーステンが部屋に入ってきた。

「思いもかけないことになってしまって」

「君がハタモトとなってこの国に残るので、わたしもゴケニンで残ることにしたよ」

「本心をいえば、とどまりたくはないのだが」

「君は本国に家族がいるのだから、とうぜんだよ」

「君には申しわけない気持ちでいっぱいだ」

「いや、わたしは天涯孤独さ。だから気にしなくていい」

日本にとどまることになったふたりは、これから江戸でいつでも会うことができるから、と励まし合った。


船長に会ったあと、按針は初めて領地の逸見《へみ》村に入った。幕府の直轄地を「天領」と呼ぶようになったのは明治以降のことで、それまでは「御料」と称していた。同じ武士でも、旗本と諸藩のそれとでは矜持《きょうじ》に格段の相違がある。それは領民にもいえることで、御料では領民の誇りも高い。

先に報らされていた庄屋が、自宅の庭に領民たちを集めてくれていた。あらたに三浦按針という旗本に領主が代わった、と告げられている領民の百姓たちは、新領主を興味津々《しんしん》の面持ちで待っていた。

そんななか現れた新領主に、百姓たちは度肝《どぎも》を抜かれた。羽織袴で、腰には二刀を帯びた士姿ではあるものの、なんと髪の毛は紅く、青い目をした長身の西洋人ではないか。当然ながら、衝撃を受けた百姓たちにざわめきが起こった。

そうした領民たちを前に、縁側の沓脱《くつぬぎ》石の上に立った按針は、親しみを込めてあいさつした。

「わたしは、西洋のイギリスという国の生まれで、これまでウイリアム・アダムスと名のっていた。だが、このたび上様の命令で日本人となり、旗本として逸見村の領主となって、名も三浦按針とあらためた。これからは、みんなの喜びや悲しみは、拙者も一緒に分ち合いたい。みんなよろしく頼む」

士姿が板につかない西洋人の新領主は、意外にも淀みのない日本語であいさつしてから宣言した。

「今年から、拙者が領主であるかぎり、年貢は四分とする」

大いに戸惑いながらも神妙にあいさつを聞いていた百姓たちは、一斉に
「おーっ」

と歓声をあげ、仲間どうし喜び合った。手を叩く者も多い。百姓たちにとって、年貢の増減は死活問題なのだ。四分の年貢で、按針の手取りはちょうど百石になる。按針にしてみれば、戦に備えた家士を養う必要がないから減額できる。また自身が、本国で重税にあえぐ農民の姿を知っていたことも、心の隅にあった。

領主になってから、按針は村の神社で催される四季折々の祭りには、つとめてそこを訪れ、領民たちと酒を酌み交わし、ときには一緒に踊ったりもした。

こうして、紅毛碧眼の新領主按針は

「三浦のお殿様」

と呼ばれ、心優しい気さくな領主として、領民たちから慕われた。

仲間の帰還

按針は、平戸藩から幕府へ出されていた外洋船建造の願いが許されると、本国に残してきた妻メアリーへ初めて手紙を書いた。これまでも、なんど手紙を書きたい衝動に駆られたことか数えきれない。だが届ける手段はなく、そのたびに諦めるよりほかはなかった。

今回ようやく、リーフデ号の乗組員が五年半ぶりに日本を離れタイ国に送還されることとなり、クワッケルナック船長に託すことができる。

ウイリアムが家族と別れてから、もう七年が過ぎている。日本にたどり着くまでの大航海は、命がいくつあっても足りないほどの危機に遭遇した。その後、日本に漂着してからも様々なできごとがあった。

そうした運命に翻弄され続けたこれまでのことや、愛する家族のもとに帰りたくてもそれができないもどかしさを込めて、長文の手紙を認《したた》めた。そのあらましは、次のようなことである。

―五隻の艦隊でオランダを離れてから、一年九か月におよぶ過酷な航海を経て、自分の乗ったリーフデ号だけが、命からがら奇跡的に目的地の日本国に着くことができた。これは神のご加護によるもので、心から感謝をしている。航海中は幾多の困難なできごとがあり、弟のトーマスもその犠牲となってしまった。

その後、日本での五年間の生活のなかで、ふしぎな縁から国の皇帝から重用されることとなり、現在は貴族のような地位を与えられている。そのため、帰国したいという強い思いも、とてもいますぐには叶わない身となっている。

現在わたしは日本にいても、家族のことは心から愛している。神の思し召しによって、必ず本国へ帰れる日が来ることを信じているので、その日を待っていて欲しい——。


按針は、仕事熱心な船乗りだった。そのため妻や二人の子供にとって良い夫、良い父親とはいいがたい存在だったろう。それは自分でもよく分っている。本国を発ってからのときの流れや、とてつもない苦難が伴う航海のことを考えると、この手紙が届くのも、果たしていつのことになるのかさえ分からない。

小さかった子供たちが、その後大きく成長した顔や姿を想像することもむずかしくなっている。もし、いつの日か帰国できたとしても、そんな夫、父親をはたして家族は受け容れてくれるだろうか。

手紙は書いたものの、それが家族のもとへ無事に届くことができるのかを含めて、按針の心配は尽きない。

その年の十月（慶長十年十一月）に、平戸で待望の外洋船が完成した。平戸藩は財政窮乏のなか、この船の建造に銀十五貫を投じるという大きな賭けに出た。

按針が熱心に訴えたこともあって、翌十一月に幕府から平戸藩に対しタイ国への渡航を許す朱印状が与えられた。これからリーフデ号の乗組員はいったん平戸島に渡り、五年半ぶりに日本を離れタイ国に送還される。

按針は、西回りの大航海という死線をともに越えてきた仲間の渡航を、耶楊子とともに浦賀の湊から見送ることとなり、次のことばを十五人の仲間に贈った。

「日本への航海は、みんなが夢に見ていた一獲千金がかなうどころか、苦難の連続だった。多くの仲間を失い、艦隊のなかで目的地日本に着いたのは、われわれリーフデ号だけだった。この日本までは期待していたとおりの航海ではなかったが、このあとタイ国から西回りでオランダ（ネーデルラント）まで帰ることができれば、諸君はまだ世界で誰もなし得ていないであろう、世界一周を果たすことになる。

だから、そのことをみやげに、航海者として誇りをもって帰国してほしい。わたしは、諸君が無事に本国まで帰還できることを、この日本の地から神に祈っている」

按針と耶楊子は、帰国をめざす仲間の全員と握手や抱擁を交わして別れを惜しみ、航海の無事を願った。按針とともに日本初の外洋船を造った船大工のヤンスゾーンは、涙を流しながら別れを惜しんだ。

「アダムス、あなたはじつに有能ですばらしい人だ。一緒に行けなくて残念だが、あなたの本国への帰還の夢は、いつかかならず実現するとわたしは信じている」

「オランダまで、かならず無事に帰り着くよう、神に祈っているよ」

按針は、本国の家族に宛てた手紙を、クワッケルナック船長に託した。

「わたしも、つぎの機会があれば、そのときにぜひとも帰国するつもりです」

「われわれはタイ国までは送ってもらえるが、それから先のことは行ってみないとわからない。でも預かったこの手紙は、なんとしても、君の家族のもとに届くように力を尽くすよ」

船長は、そう約束してくれた。

以前、船長や按針に反抗して浦賀から飛び出したリーフデ号仲間の四人組は、そのあとも杳《よう》として行方がわからない。彼らはその後、ある者は堺で商人になった、ある者はさる藩の砲術指南役に召し抱えられた、などの噂もあるが定かではない。

タイ国へ渡った彼ら十五人は、その後オランダ東インド会社の船で、無事本国に帰還を果たした。按針がクワッケルナック船長に託した手紙は、その後イギリスの東インド会社気付けで家族のもとへ届けられた。

按針と耶楊子は、肌寒い秋風の中に立ち、船が三浦岬のかなたに消え去るまで見送った。そのあと甚九郎が櫓を漕ぐ舟で江戸への帰途についたが、向かい合って座った小舟の中で、ふたりは寡黙だった。

これまで、苦楽どころか生死を共にしてきた仲間との別れは、母国に帰還をめざす者へ羨望の思いがある。日本にとどまる自分たちは、これからさき日本の暮らしに溶け込まなければならない。これまでの客人とは異なる境遇にたいする期待と不安もある。それらが混じり合った複雑な思いが、互いの口を重くしていた。

ふたりには、かつて誓い合ったことがある。リーフデ号が豊後に漂着して堺へ曳航され、そのあと大坂城で家康から尋問される前、牢に閉じ込められている不安な状況のもとにあったときのことである。

——これからどのような運命が待ち受けていようとも、生き延びてかならず仲間の全員がともに家族の待つ母国に帰る、という希望を持ち続けよう——

そう誓い合っていたふたりが、皮肉なことに帰還をめざすほかの仲間たちを見送るはめになったのだ。だが、ふたりの置かれている状況は、身分の違いにとどまらず微妙に異なっている。

天涯孤独の耶楊子は、すでに幕府御家人として日本にとどまる決心をしている。いっぽう按針は、まだ永住の決心にはいたらず、本国と日本のどちらをとるか悩ましい。ふたりの口が重くなったのは、仲間との別離の一時的な感傷からだけではない。これから将来の運命に決定的な相違をもつ仲間との別離であり、当然気持ちは沈んでいた。

肌寒く風はあるものの空は晴れ、江戸湾の波はあくまで穏やかである。会話のない小舟のなかで、舳《へさき》に砕ける小さな波と櫓の軋《きし》む音だけが響いている。

長い沈黙のあと、耶楊子が按針にオランダ語でぽつりと漏らした。耶楊子は、まだ日本語を片言ほどしか話せないため、ふたりはいつもオランダ語で会話する。

「一緒になりたい女性がいて、求婚したよ」

それが、耶楊子が日本に永住する決意を定めた原因なのだろうか。そう考えた按針は訊いた。

「それはよかった。相手はどんな人だい?」

「それが……、まだ返事はもらっていない」

「きっと、承諾してくれるさ」

「もし決まったら、最初に君に報せる」

「いい報せを待っているよ」

天涯孤独だという耶楊子も、この国で家族ができれば幸せになれるだろう。按針は、心から彼の朗報を期待した。こうしたふたりの会話が、櫓を漕ぐ甚九郎の耳に聞くともなく入った。按針から英語と蘭語の会話を学んでいる最中の甚九郎は、このとき耶楊子の言った〝女性〟と〝求婚〟のことばが判った。

(耶楊子さんは結婚するのだろう。殿様も……姉上と……)

その思いが頭をもたげた。

旗本になってしばらくしてから、これまで通詞として旧知のポルトガル人とスペイン人が、たて続けに按針の屋敷に面会を求めて来た。按針や耶楊子が幕府の信頼を得るほどに、逆に彼らへの幕府の対応が冷淡になっていた。

彼らはこれまで、多くの西洋の武器や南蛮の珍品などをもたらし、この国に大いに貢献してきた。だが、「リーフデ号の実態は、海賊である」と訴えていたことや、伝えていたヨーロッパの情報に偽りがあったこと、さらにはキリスト教という異教を国内に布教していることなどから、幕府の不信を招いている。

そのことに焦りをおぼえた彼らが、旗本に登用されるほど信頼されている按針に、幕府へのとりなしを頼もうとしたのだ。だが按針は、彼らの頼みを体よく断った。

按針には、リーフデ号の仲間がさんざん誹謗中傷されてきた――という、彼らへの不信感がある。いっぽうで、家康から訊問を受けたときやその後も、彼らの通訳に悪意はなかったようだ。それは按針や耶楊子への幕府の対応を見ればわかることで、感謝しなければならないことだ。いずれにしても、彼らと幕府との関係は、按針のとりなしよりも彼らの行動自体が問題なのだ。

ポルトガル人やスペイン人の商人は、アジアの国々と新たに交易を始めようとするとき、カトリック教団イエズス会の宣教師を帯同する。そして国王や領主がキリスト教に入信することと、国内や領内へ布教が許されることを交易の条件としている。それが彼らの国策なのだ。

そのため、両国と交易をしている日本の各藩では、新たに信者となった一神教の切支丹が増加し、仏教徒とのあいだに軋轢《あつれき》が生じ、混乱をきたしているという。

日本は、豊臣秀吉が天下を統一するまでの百年あまり、国中が戦に明け暮れていた。秀吉の天下となってから国内の戦はなくなったが、秀吉は朝鮮へ攻め入りそれが失敗に終わったことで、日本国内の民の暮らしは疲弊の極みにあった。それがいま徳川の治政となって、ようやく平穏なときを迎えた——と按針は聞いている。

そのようなとき、新たな宗教を持ち込み国内に混乱をもたらす両国が幕府から疎まれるのは、避けがたいことと按針は思う。同じキリスト教徒でも、プロテスタント派のオランダやイギリスは、交易の条件に布教を持ち出すことはしない。

そこで按針は、幕府の外交顧問として将軍家康に進言を思い立った。

—ポルトガルやスペインとは、幕府としてかかわりを持たないほうが、日本の国益に合うものと存じます。これまで両国がもたらした西洋や南蛮の文物は、やがてオランダやイギリスが引き継ぐことになりましょう—。

だが、按針は思いとどまった。こうした重要な国策の方針変更は、幕府みずから決めることで、意見を求められるならばともかく、異国同士の利害が絡むことを進言すべきではない――と考え直した。

天下決戦の戦から五年がたち、豊臣家の勢力は家康によって急激に削がれた。二百二十万石だった所領も、いまは六十五万石となっている。いまや豊臣家は、徳川将軍家の家臣で一大名にすぎないのだ。

ところが、秀頼が成人すれば、朝廷から父秀吉と同じように最上位〝関白〟の官命を受けることが秀吉の存命中に約束されているという。そのため家康は、豊臣家滅亡までは枕を高くして寝ることができない。豊臣家という後顧の憂いを断つまでは、死ぬわけにはいかない――と、家康はおのが健康には異常なまでに気を使っていた。

漢方の処方集〈和剤局方〉を取り寄せて薬草のことを学び、みずから薬研《やげん》を使って調合し煎《せん》じては飲み、二つに割った青竹を素足で踏んで足裏のツボを刺激するなどを日課としている。

麦飯をはじめ質素な食事を心掛け、大好きな鷹狩りで野山を歩くことも多い。そればかりか、駿河国熱海の温泉は長命に効果があると聞くと、それを大樽に入れて舟で江戸まで運ばせるほどの凝りようである。

ほかにも身体によいと聞けばすぐに試みるなど、その努力は傍《はた》から見ても涙ぐましいほどで、現在でいう〝健康オタク〟そのものである。そうした努力のかいもあって血色がよく、高齢にもかかわらず体調はすこぶるよい。

家康は、公務の合間を見てたびたび按針を江戸城に召し出し、御休息の間で対面した。それは、異国との交渉ごとや交易のことだけでなく、家康の四方山《よもやま》話しの相手をする〝御伽衆《とぎ》〟のようでさえあった。

家康は、按針のもつ豊富な西洋の知識や情報を、すべて吸い取ってしまうかのように、貪《どん》欲に質問した。高齢でありながらも飽くなき知識吸収欲をもつ家康に、按針はいつもながら感じ入る。

家康にとって按針は、世界の先進地域ヨーロッパの地理や学術・文化・情勢などについて、まるで現在のインターネットのような存在であった。

その家康が一六〇五年（慶長十年）四月に、とつぜん将軍の座を二十五歳の三男秀忠に譲り、駿河国（静岡県）の駿府城に隠居した。が、隠居とは名ばかりで〝大御所〟として幕府の実権は握り続け、院政を敷いた。

将軍の在位わずか二年で秀忠に譲位したのは、六十四歳と当時として高齢ではあったものの、自身の健康への不安からではない。豊臣家の存在を意識した戦略家としての深謀遠慮で、徳川幕藩体制を未来永劫《えいごう》確固としたものとするために

――征夷大将軍の座は、徳川家の世襲――　であることを、天下に知らしめるためである。

三河屋本舗

按針は、進んで町人と交わることで日本のことばを身につけた。そのため、庶民には縁遠い独特の〝武家言葉〟を除けば、ふだんの会話にさほど不自由しない。

その按針が、旗本になって新たに不自由なことが生じた。幕府から役目上の指示を書面で受け、その返書を書くことや、なかには報告書を書く必要が生じてきたのだ。そうした実務は、按針が文書《もんじょ》に不得手な異国人のため、本多正信をはじめ幕府の要人は大目に見てくれている。

だが、実務を担う役人はそうではない。役人から、たびたび「どなたかに頼んででも、書状を出してくださらぬか」と懇願される。

そこで按針は、甚九郎にどうしたものか相談した。

「わたしは武芸の稽古にかまけていたため、役人とやり取りする書状など、とても手に負えません」

そういって甚九郎はしばらく思案していたが、やがて当てがあるという。

「寺子屋仲間の町人で、孫市と申す書や算用に秀でた朋輩がいます。孫市なら、うってつけでしょう」

「引き受けてくれるだろうか」

「わたしが頼んでみます」

そういって、すぐに腰を上げた。その孫市は、日本橋の札差屋〈富重屋〉の次男坊という。札差屋とは、米で俸禄を受ける旗本や御家人に、手数料を得て換金する業者である。

向学心に燃え、いまも寺子屋の師匠を手伝いながら学問を続けているという孫市は、朋輩甚九郎の誘いに「異国人のお旗本按針様から、ぜひとも異国のことを学びたい」

と、ふたつ返事で引き受けた。

こうして孫市は按針の祐筆となった。非常勤の書記である。これで按針の家来は、住み込みの甚九郎と通いの孫市の二人となった。

孫市は落ちついた穏やかな気性の若者で、明るい性分ですぐに行動を起さないと気がすまない甚九郎とは、対照的である。だが、孫市の学問の才と甚九郎の武術の腕前を互いに認め合っていて、ふたりはすこぶる仲が好い。

按針は、これまで善次郎に教えていたように、孫市にも手作りの辞書と指導で、英語と蘭語を教えた。屋敷にいるときには日本語ではなく、英語と蘭語の会話の日を交互に決めている。

二人の若者は、二か国語を混同して戸惑うことも多い。遅れて教わり、しかも毎日は通わない孫市のほうが飲み込みはよく、早くから教わる甚九郎も苦労しながらもなんとか付いてきている。

甚九郎は、按針が旗本となってからは「二本差しでも、刀が使えない殿様だから」といいながら、いつも二本差しに樫の棒を持って按針に付き従っている。

按針は本多正信から刀の手入れのしかたは教わったものの、そのほかは無知である。あるとき、按針は甚九郎に教えを乞うた。

「いまさら刀術を習うのはむりとしても、士として、せめて刀の扱いかたは身につけておきたい」

甚九郎はさっそく刀の抜き方、鞘への納め方、構えや素振りなど、扱いの基本を手ほどきした。按針はそのときから興味がわいて、甚九郎の勧めるままに屋敷の道場で刀の素振りが日課の一つとなった。こと士の嗜《たしな》みに限っては、師弟転倒である。

甚九郎は親から勘当されているため、ふだんから実家や家族のことを一切口にしない。按針は、そうした甚九郎のことが気掛かりでならない。


ある初秋の夕刻、按針は甚九郎に用向きを隠して外出し、日本橋にあるという甚九郎の実家、馬込勘解由平左衛門の家を探した。まだ残暑が厳しい中、行き交う人々の物めずらしそうな視線を浴びながら、按針は大傳馬町に向かった。

日本橋大傳馬町の表通りは、通称「木綿店《もめんだな》通り」と呼ばれ、多くの人々で賑わう江戸の目抜き通りである。按針の屋敷から東北へ十町（一キロメートル）ほどで、さして遠くはない。

通りの左右に呉服や反物などの大店《たな》が軒を連ねる中、その店はひときわ目立つ大店で、反物と小間物を商《あきな》う江戸で有名な〈三河屋本舗〉であった。

軒下に架かる店の看板には、大書した屋号の下に〝丸に三つ葉葵〟の家門入りで〈徳川家様御用達〉とある。甚九郎の実家は、将軍家に出入りするほど格式の高い店であった。店と住居を合わせた敷地全体は、町家でありながらも旗本按針の屋敷とさして変わらないほど広い。

十間ほどもある店構えの右側板塀のまん中に門があり、扉は開いている。按針は門をくぐり、両脇に植込みのある石敷の通路を通った。通路には打ち水がしてあり、ひんやりと心地好い。突き当たりの屋敷玄関は開いている。

按針は、大声で「たのもう」と案内を乞うた。

女中とおぼしき若い娘が広い玄関の式台に出て座り、丁寧にお辞儀をした。

逆光のため、はじめ気づかなかった女中が、やがて眼が慣れると口に袂《たもと》を当てて、あっと驚いた表情を見せた。西洋人を見ることすら珍しいのに、それが武家姿であれば当然のしぐさで、按針もそうした反応には慣れている。

「拙者は、旗本の三浦按針と申す。拙者の家来甚吉のことで参った。馬込平左衛門殿にお目にかかりたい」

来意を告げると、すぐに玄関横の小部屋に通された。しばらく待ったあと、さきの女中が来て、曲がりくねった廊下を通り奥の座敷に案内された。そこには、下座にあるじ夫妻が座しており、按針に上座の席をすすめた。

あるじ夫妻は、平左衛門とその妻豊加と名乗ってから、善吉を預かってもらっている礼を述べた。按針のことは〝西洋人の旗本〟と町の噂に聞いていたのだろう、驚いた様子ではない。

夫妻は、按針と歳がさほど違わないように見える。平左衛門は商人《あきんど》らしく柔らかな物腰で、人当りがよい。馬込家は苗字帯刀を許される町の名主で、町家でも由緒ある名家なのだ。

按針は善吉を家来にした経緯《いきさつ》を述べ、甚九郎と名を変えたことを告げた。

「甚九郎は家来として申し分なく、よく仕えてくれているのでご安心なされ」

「もったいないおことばでございます」

夫妻は恐縮して平伏した。その平左衛門に、按針は問うた。

「甚九郎は父には勘当されたと申しているが、その理由《わけ》はいくら問うても話そうとはしない」

平左衛門と豊加は、小さく肯きながら聞いている。

「さし支えなければ、その理由を聞かせてもらえまいか」

「せがれは、お殿様に拾っていただき、まことに果報者でございます。甚九郎という新しい名もいただき、ありがたく存じます」

そう礼を述べてから、甚九郎の生い立ちから勘当するにいたった経緯《いきさつ》を語りだした。

甚吉は兄と姉の三人兄弟の末っ子で、兄が店を継ぐことになっている。これまで近くの寺小屋に通わせて、同じ年ごろの子どもたちと一緒に、読み、書き、算用、そろばんと、商人の子として一通りの手習いを終えた。

また甚吉は、十歳のころから香取神道流の刀術と山科流の棒術、両方を指南する道場に通っていた。それは、幼いころ病弱だった甚九郎がみずから希み、親としても丈夫に育ってほしいと願って、子供の時期に限って許していた。二年前、甚吉が十三歳のとき、先々どうするか話し合いをし、父がこれまで考えていたことを勧めた。

「これからは道場通いをやめ、よその店に五年間奉公して修行すること。その後実家にもどり、ころあいを見て暖簾《のれん》分けし、店を出してはどうか」

「いいえ、商人《あきんど》にはなりたくありません」

甚吉はきっぱりと言った。

「では、なにをしたいんだ」

「家を出て、お士《さむらい》になりたいです」

父と母は仰天した。商家のわが子が士になりたいと言い出すなど、思いもしなかったからだ。戦がなくなったこの時期、町人が武士になる道は限られている。武家の養子か家来になって取り立ててもらうか、あるいは武芸で身を立てるしかない。

自立心の強い甚吉が、進んで武芸の道場に通ったのは、幼いながらも武芸で身を立てることを希んでいたからなのだ。落ち着きのない性分の甚吉には、どうせ長続きはしないだろう――と、父は家を出ることを許した。甚吉は早速その道場に住み込み、師匠の世話をしながら武術の修行に励んでいた。

ところが、武士に憧れる甚吉にはその境遇がよほど水に合っていたとみえ、師匠の話しでは、住み込んでから寝食を忘れるほど稽古に励み、めざましく腕を上げたという。

そこまで話して、平左衛門が気落ちしたように言った。

「それが仇《あだ》となりました。天狗になってしまったのです」

「アダになり、テングになった、とは？」

「これは失礼をいたしました。じぶんの腕前におぼれてしまい、まわりのことが見えなくなってしまったのです。」

按針はまだよく分からなかったが、要は甚九郎が自信過剰になったのだろう―と理解した。甚九郎が士に憧《あこが》れていたことは、話しを聞いて初めて知った。そういえば、旗本になって甚吉を家士にしたとき、抱きつかんばかりに喜んだときのことを思い出した。

そのとき襖が開いて、若い娘が茶と菓子を持って入室し、平左衛門が紹介した。

「甚九郎の姉の雪でございます。お武家様は甚吉の、いまは甚九郎の名をいただいておるそうな。面倒を見て下さっているお旗本の三浦按針様じゃ」

「雪でございます。弟がお世話さまになり、ありがとう存じます」

にこやかにあいさつしたお雪は、見目麗《うるわ》しい十八歳。大店の娘らしく凛とした奥ゆかしさと、愛想の良さを合わせ持った不思議な魅力がある。按針は、親子ほども歳の開いたお雪に、胸を衝《つ》かれるような好感を覚えた。

縁側をへだてた部屋に西日が当たり、まだ暑気がある。気を利かせたお雪が、静かに団扇《うちわ》を煽《あお》いで按針に涼を送るなかで、平左衛門が話しを続けた。

甚吉が十四歳になったばかりのころ、お雪と店近くの表通りを歩いていたとき、お雪が酒に酔った二人連れの武士に絡まれた。その二人はかねて店への出入りがあり、かつて知ったお雪を酔いにまかせてからかったのだ。

お雪は顔見知りでもあり、体よくいなして取り合わなかった。だが、事情を知らず純真な甚吉は違った。姉を守ろうと、持っていた棒でお雪の袂をつかんだ武士の手を払い退けた。それに怒った武士が「無礼者！」と叫んで、刀の束に手を掛けた。

酔っているとはいえ、これくらいのことで武士が子供相手に、本気で抜刀するなどありえない。ただの威嚇で、相手が謝ればことを収めようとしたのだろう。だが甚吉は相手が束に手をかけた瞬間、その武士の右手を棒で強く打った。そこでいっぽうの武士が同僚をとりなしてその場は収まり、姉弟もことなきを得た。

ところが、ことはそれだけでは収まらなかった。二人の武士は御家人で、後日店に現れ、番頭に「店の主人に、話しがある」という。応対に出た平左衛門に、その御家人は告げた。

「この店の子せがれが拙者に無礼をはたらき、大道で恥をかかされた」

懐に入れたその御家人の右手袖口から、白い包帯が覗いて見える。怪我が思いのほかひどいのだろう。平左衛門がどのような仔細かたずねても、経緯《いきさつ》は語らない。

そのことにかこつけて金品を無心するつもりなのか、探りを入れたがその素振りは見せない。利き手に重い怪我を負わされ面目を潰されたため、おのが非礼は棚に上げ、平左衛門に甚吉を罰するよう求めた。

「われらは、この店がお城への出入りを禁ずることなど、なんの雑作もない。ただし、せがれの無礼を罰するならば、ことは不問にしよう」

御家人の身分で、幕府御用達に関与できるかは疑わしい。だが、ことが大げさになることを避けたい平左衛門は、店を守るため甚吉を勘当することで、二人の御家人に引き取ってもらった。

甚吉は子供ながら、すでに家を出ている。これまで通り小遣いを与え、当分のあいだ実家への出入りさえ禁ずれば、実質なにごともなく済む――との思いからだった。

それからは、道場にいるあいだ店の手代が月々届ける謝礼と小遣いは、道場で受け取ってくれていた。だが、甚吉が道場を出てからはなんの便りもなく、どこでどう暮らしているものか、皆目わからなかった――という。

「これが、ことのいきさつでございます。形ばかりの罰でしたのに、むずかしい歳ごろの甚吉は、すっかり拗《す》ねてしまいまして」

「事情はよくわかった。そういうことであれば、拙者にお任せあれ。甚九郎はよく勤めてくれているから、心配は無用に願いたい」

そうして話しが終わったところに、お雪が父にいわれて、店に出ていた兄の初太郎を座敷に呼んできた。こうして按針は、甚九郎の家族みんなと顔を合わせた。

母の豊加が、涙まじりに言う。

「道場のほうは、お師匠様の許しはいただいて飛び出したとかで、せがれはいったいどうしているかと案じておりました」

豊加はお雪と顔を見合わせ、たがいに小さく肯き合った。

「それが、こうしてお殿様に拾っていただいて、ほんとうにようございました」

子を思う親心に、按針も身につまされた。家族みんなであまりにも喜ぶので、按針は訊いた。

「異国人の拙者が甚九郎を家来にして、馬込家では心配でないのか」

「異人さんのお身ながら、公方《くぼう》様に見込まれてお旗本になったお方ですから、甚九郎にとってこれにまさる旦那様はありません」

首を横に振りながら、平左衛門が応じた。そして、甚九郎への言づてを託した。

「勘当のことはもうなにも心配ないから、いつ帰ってきてもいい。お殿様のもとでお士を続けるなら、それも許す」

その夜、按針は馬込家を挙げての引き止めにあい、酒食を振る舞われた。こうして按針は、はじめて日本人家庭の温かさに触れた。

「これからは、ご遠慮なくいつでもお気軽にお越しくださいますよう、お待ち申しあげております」

平左衛門夫妻の温かいことばを背に、按針は馬込家を辞した。

外は闇夜であった。平左衛門は夜道の提灯持ちに、店の手代をつけてくれた。馬込家の人情の温かさの名残《なごり》と、ほどよく回った酒の酔いとがあいまって、按針がこの国ではじめて味わう、心地好い夜だった。

その夜から、お雪の美しい面影が按針の心を捉えて離れなくなった。

按針と刀

馬込家を訪れたその夜、帰宅した按針は、甚九郎に実家を訪ね家族みんなから歓待されたことと、平左衛門の言づてを伝えた。

甚九郎は言づてのことよりも、どうしてあるじが実家に行ったのかを知りたがった。

「それは、勘当されているおまえのことが、気にかかっていたからだ」

「……」

甚九郎はありがたいのか迷惑なのか、どっちつかずの表情を見せた。

「それで、どうする」

「なにがですか」

「家来を続けるか、それとも実家に戻るかだ」

「それは決まっています。このまま殿様の家来でいます」

「それはいいとして、まずは家に帰って、父上と母上にあいさつをするがいい」

「……」

「とにかく、これまで心配をかけていた家族に顔を見せ、まずは安心させることだ」

甚九郎はしばらく考えていたが「ひとりでは、帰りたくありません」と言う。

「どうしてだ」

「殿様と一緒なら、帰ります」

そういう甚九郎には、ある魂胆《こんたん》がある。

按針も内心、甚九郎の家族と過ごした和やかな温もりと、お雪の面影が忘れられない。甚九郎の頼みもあり、三日後の夕刻に主従は甚九郎の実家へ赴いた。

馬込家のみんなが、按針と甚九郎を温かく迎えた。甚九郎は家族と一年半ぶりの再会になる。それなのに親子は抱擁し合うでもなく、お互いが淡々として、喜びを噛み殺したような態度でいる。按針は、こうした日本人の習慣が理解できない。もう少し、自分の感情をすなおに行動で表したほうがよいと思う。

それでも、形ばかりであった勘当と、拗《すね》ていた甚九郎の心情は、親子でとくにことばを交わすまでもなく氷解した。それは家族の愛情と甚九郎のその後の成長、それに按針が両親の心情を前もって甚九郎に伝えていたからだ。

平左衛門たちは、按針から聞いていたとおりの甚九郎の様子と、この国の主従関係とは違ってうち解け合ったさまを見て安堵し、按針に対する信頼と親しみがいっそう増した。

食事となり、床の間を背にした按針に対して、脇下座に平左衛門と豊加、両親に対面して初太郎とお雪、按針と対面する下座に甚九郎が着いた。

酒を酌み交わしながら、平左衛門がうち明けた。

「お殿様。初太郎の縁談が進んでおりましたが、このほど仲人殿のおかげで話しがまとまり、ちかく嫁を迎えることとなりました」

「おう、それはめでたい」

「つきましては、祝言のときには、お殿様にはぜひともお越しをいただきとう存じますが」

「喜んで、そうさせていただこう」

按針は、日本の祝言という結婚式をまだ知らず興味がある。甚九郎も兄を祝った。

「それは兄上、おめでとうございます」

「ありがとう」

「義姉上と、お会いするのが楽しみです」

ここで甚九郎が好機到来とみたか、箸を置き端座し直して言った。

「おめでたいところで、父上にお願いがあります」

何ごとかとふり向いた父に、甚九郎が平然と言い放った。

「兄上のつぎは、殿様と姉上との祝言を考えてあげてください」

唐突なこのひと言で、その場の空気が凍りついてしまった。だが、甚九郎はそれに気づかないようで続けた。

「殿様のお仲間で、耶楊子というオランダ人の御家人さんがおられます。その方が、ちかく奥方を迎えられるようです」

こんどは姉のほうを向いて、なおも続けた。

「殿様も奥方様がいなくてご不自由だから、姉上お願いします」

ひさしく鳴りを潜めていた甚九郎の奔放さが、家族への気の緩みから炸裂した。お雪は頬を赤らめ、箸を置いて下を向いた。あまりの唐突さに家族全員がおし黙り、だれもことばが出ない。按針も甚九郎に心中を見透かされたようで、耳のあたりが火照《ほて》った気がした。だがここで、皆と同じように黙り通すわけにはいかない。

「甚九郎、家族であっても、お雪殿や皆さんに失礼なことを申してはならん」

「はい」

「それに、わたしには本国に残した家族がいるのだ」

「では殿様は、近いうちにお国へお帰りになるのですか」

「それは、なんとも……」

按針は、曖昧に応ずるしかなかった。そのあとも気まずい静寂なときが流れ、みんな無言で静かに杯や箸を動かしている。その静寂を破ったのも、やはり甚九郎だった。

「今夜はひさしぶりに、お腹いっぱいいただきます」

そう言って、給仕の女中にお替りの碗を差し出した。

「甚九郎は、いつもお殿様に遠慮しながら御膳をいただいているのか」

沈んでいる座を和ませようと、兄の初太郎が甚九郎をからかうように言った。

「いいえ、いつも遠慮せずにいただいています。でも、賄いのおばさんの料理はあんまり。だから、さっきも姉上のことを……」

按針は「甚九郎」優しく声をかけ、目でふたたび窘《たしな》めた。だが叱るつもりはない。主人である自分への気づかいや、正直な気持ちを口にすることが悪いこととは思わない。むしろ嬉しかった。それでもこの場は、なんとも面映ゆい思いでならない。

だが、人の運命とは分からない。按針から窘められたこの日の奔放な甚九郎のひと言が、その後の按針とお雪の運命を決定づけるきっかけとなるのだ。

その夜も、甚九郎の両親がしきりに泊まるように勧めたが、主従は馬込家を後にした。外は月夜だったが、新月で夜道は暗い。甚九郎は右手にいつもの棒を左手に提灯を持ち、按針の足元を照らしながら歩いた。木綿店通りを過ぎ、通りの両側に旗本屋敷の並ぶこの辺りは、夜道の人通りはほとんどなく深閑《しんかん》としている。

屋敷近くまで戻って来たとき、甚九郎が門の陰で鈍く光るものに気付いた。誰かが抜刀したのだ。

「殿様、門に賊らしい者が潜んでいるようです。下がっていてください」

小声で伝え、手にしていた提灯を按針に渡した。それが合図かのように、闇の中から抜刀した一人の武士が、ぬっと主従の目の前に現れた。

「三浦按針だな」

男が低い声で問いかけた。暗くて顔はよくわからない。甚九郎が一歩出て、賊の前に立ちはだかって誰何《すいか》した。

「誰だ、名のれ」

「どけ」

賊が相手の若侍を見くびったように、低い声で威圧した。が、甚九郎は無言のままさらに一歩出て、両手で棒を右腰に構えた。

「おまえたちに遺恨はないが、命をもらう」

賊はそう言いながら、刀を正眼に構えた。按針は気が気ではない。以前甚九郎が「棒術は刀術より強い」と説いたとき、理由の一つに、「棒は鞘を払わないぶん刀より速い」と言った。だがいま賊はすでに抜刀して、正眼に構えている。

背後にいる按針には、甚九郎の表情や息づかいは分からない。が、棒を構え微動だにしない甚九郎を信頼するよりほかはない。

甚九郎は構えたまま動かず、相手の出方と間合い、力量を推し測っていた。

賊が先に攻めるには、大きく踏み込んで構えた棒を払い除け、間合いを詰めて攻めるか、突いてきた棒を躱《かわ》して相手の隙を突くしかない。いっぽう甚九郎は、棒を刀より長く使うことができるし、両端を使っての攻防もできる。

賊が正眼から上段に構えを移そうとしたそのとき、甚九郎が一歩踏み出し、賊の喉をめがけて一尺ほど棒を突き出すように見せ、賊の動きを誘った。賊が棒を刀で払おうとしたつぎの瞬間、わずかに隙をみた甚九郎は
「えーぃ」

と夜気を切り裂く裂帛《れっぱく》の気合を発して踏み込み、賊の喉を突いた。賊はゲェーという悲鳴とともに腰を折り、後方に崩れ落ちた。それは一瞬のできごとだった。

倒れた賊に提灯をかざして見ると、ふたりには見覚えのない牢人風体の男である。甚九郎が気絶した賊に活を入れた。一瞬のうちに気絶したため、賊は目覚めてもまだ状況が飲み込めず、呆然としている。

「誰に頼まれたのか知らないが、無駄なことはやめなさい。お互いに、命は大切にしようではないか」

按針がそう声をかけると、賊は刀を杖に力なく立ち上がり、喉を手で押え、抜刀したままよろけながら闇の中に消え去った。もし三日前の夜、甚九郎がいないときに襲われていたら――、そう思うと按針は思わず身震いを覚えた。

「わたしに恨みをもつ誰かに、金で雇われたのだろう。それにしても、強い用心棒のおかげで助かったよ。甚九郎ありがとう」

「殿様、賊の黒幕は見当がつきますか」

按針は〝クロマク〟とは初めて聞いたが、背後で操る者と解し「いや」と首を横に振った。

――恨みを買うとすれば、幕府へのとりなしを頼みにきて断ったポルトガル人かスペイン人あたりだろう。ほかに思い当たるふしはない。まさか、宣教師が闇討ちを指示することなどあるまいが、かの国の商人ならばあり得るだろう――。

だが家来の甚九郎にも、確信のないことは言わない。はじめて出合ったころ、用心棒にと売り込んだ甚吉に「いらないよ」と断ったときのことを思い出し、按針はひとり苦笑した。

関ケ原の合戦以来、敗れた西軍に与《くみ》した大名のほとんどは、取り潰しや減封の憂き目に遭った。そのため、巷《ちまた》には禄にあぶれた牢人が多くいて、江戸市中の治安はあまり良くなかった。

按針はこのときから夜道の一人歩きは止め、かならず甚九郎を伴うことにした。

それから数日して、甚九郎が按針を外出に誘った。

「あす九月十五日は、神田明神の祭礼があります。殿様、見物はいかがですか」

家来が主人を外出に誘うなど、この主従に限っては珍しいことではない。

このころの神田明神は大手町にあり、按針の屋敷からそう遠くはない。キリスト教徒の按針は、神社そのものに関心はない。だが祭りは好きで、領地逸見村の神社には祭礼ごとに出向き、領民たちと親しく交わる機会にもなっている。

「明日はなにも用事がないから、祭り見物に出かけてみるか」

按針が応じると、甚九郎が按針に知れないよう下を向いてにやりと笑った。

翌日の午後、ふたりが出かける段になって、甚九郎が急に告げた。

「殿様、姉上を誘ってもいいですか」

「ああ、いいとも」

按針は気取られないようにさり気なく応じたが、内心は甚九郎の心づかいが大そう嬉しかった。三河屋本舗は、神田明神とは逆方向でかなりの遠回りとなるが、お雪と同道できるのなら、苦にはならない。

途中実家に立ち寄った甚九郎は、ほどなくお雪を伴って出てきた。

「お待たせいたしました。さあ、出かけましょう」

そういって按針を促した。若い女人が外出をするとき、身支度に手間が掛かることは、洋の東西に共通のことと按針も知っている。だがどう考えても、姉弟は数日前実家で会ったときからしめし合わせていたのではないか――と思えるほど早かった。いつも手まわしのよい甚九郎らしい、と按針は苦笑した。

按針とお雪は挨拶を交わし、三人は連れだって歩き出した。ところが、気がつくといつの間にか按針は独りになっている。ふり返ると数歩遅れてお雪が、さらに数歩遅れて甚九郎がついてくる。甚九郎の気づかいに、按針はまたも苦笑した。

「お雪殿、並んで歩きたいが」

甚九郎の気づかいに応えて、按針は立ち止まって声をかけた。

「そのようなことは……」

お雪はうつむきながら恥じらうように渋っていたが、一歩だけ間を詰めた。そういえば、この国では夫婦と見える男女でも、表通りを並んで歩いているところを按針は見たことがない。

神田明神に近づくと、人通りが急に増えた。神田明神は幕府の創建で江戸の総鎮守とされるだけあって格式が高く、参道もその奥の境内もほかの神社に比べて格段に広い。それでも祭礼時はさすがに人出が多く、門前から境内まで混み合っている。

広い参道の両側には、飴、甘酒、煎餅、餅、白布などを売る露店が隙間なく並んでいる。広い境内の一隅には、縄で囲んだ中では猿回しが芸をしている。

人混みの中で、長身の按針は頭ひとつ抜け出るほど目立つのだが、なぜかいつものようにもの珍し気に見られることもない。老若男女が込み合うなかで、しぜんと按針とお雪とのあいだは詰まり、並んで猿回しの芸を見物した。

猿使いの男が叩く小太鼓や掛け声に合わせて、猿がとんぼ返りや竹馬などの芸を見せ、見物の人々を喜ばせている。ひと通りの芸が終わると猿がお辞儀をし、見物人は小さな器に小銭を投げ込んでいる。

拝殿の奥では祭事が催されているらしく、笛や太鼓の音が聞こえてくる。

拝殿の前では、多くの人々が賽銭箱に銭を投げ入れ、柏手を打ってから手を合わせ、なにやら拝んでいる。お雪もみんなと同じように賽銭を投げ、二度手を打ってからしばらく手を合わせ、頭を垂れていた。その間按針は手持ちぶさたで、腕組みをして待っていた。

この国では、世事の節目や願いごと、それが叶ったときのお礼のたびごとに神社に参るのだと、逸見村で聞いている。按針はお雪に訊いた。

「お雪殿は、どんな願いごとをされたのか」

「・・・お殿様には、申し上げられません」

お雪は顔を赤らめながらはぐらかし、下を向いた。

出がけに空は晴れていたが、急に南の方から黒雲が出て、境内にいる途中ですこしのあいだ夕立がきた。みんなが雨宿りに駆け出すほどではなかったが、按針は着ている羽織を脱ぎ、濡れないよう両手でお雪の頭上にかざした。

お雪は驚いてそれを押し戻そうとしたが、按針は首を横に振った。按針としては、ごく自然な振る舞いだった。だがお雪にとっては、人前で男が女にたいして細やかに気を配るなど、思いがけないことだった。

雨が上がってしばらくすると、人々が黒雲の厚かった南の空を見上げて指をさし、笑顔でなにやら囁き合っている。その気配に気付き、先にその方を見上げたお雪が
「まあきれい。お殿様あれを」

そう言って按針を促がした。指さす方を見ると、そこには大きな虹が架かっている。

「おう、みごとな虹だ」

そう言ってお雪を見ると、図らずもふたりの目が合った。お雪は恥ずかしそうに下を向いた。そのときのお雪の白いうなじとほつれ毛が、按針にお雪との親子ほどの歳の違いを忘れさせた。

神田明神からの帰りも、三人の間隔は来るときと同じで、並んでは歩かない。按針は、お雪を三河屋本舗まで送った。按針は店に立ち寄り、銀の簪《かんざし》を一つ買い、甚九郎に頼んだ。

「きょうは楽しかった。お礼にこれをお雪殿に」

「それは、殿様から姉上に……」

「いや、おまえから渡してくれ、頼む」

「承知しました」

按針から簪を託された甚九郎は、にっこり笑って受け取った。

按針は家に独りでいるとき、ときおり自問する。

あまりにも長い、そして過酷な航海だった。だが主のご加護と頑健な心身に恵まれて、幸運にも日本に漂着することができた。その日本では、イギリス人でありながらもオランダ艦隊を代表する立場に置かれた。

そのため皇帝家康様の信頼を得て、いま本国でいえば貴族のような旗本の身分になっている。これも神のご加護あってのことなのだろう。本国での貧しく虐げられた生い立ちからすれば、旗本や領主の立場は夢のようだ。だが、それが心の空しさを半分も満たすことはない。

もっとも身近なはずの大切な家族とは離ればなれのままで、心が通じ合うことはない。船長に託した妻あての手紙も、はたして届いたかどうかを確かめるすべもなく、生きていると伝えることさえもかなわない。

これからどうすればいいのか。神に教えを乞おうにも、プロテスタントの教会はなく、牧師様もいない。本国とは大海原や大陸を隔てた距離ばかりか、ときの流れと共に、心の距離も遠のきつつある。

こうした心情は、本国と日本のあいだの時空がもたらすもので、どちらかの国を棄てない限り、この空しさを埋める手立てはないのだ。

もうこれ以上、精神《こころ》が漂流するのは耐え難い。早くアンカーを降す精神の安らぐ港が欲しい。一体、どうすればいいのか――。

按針が旗本となり将軍家康から二刀を下賜されたとき、本多正信様から――刀は武士の魂――と教えられ、手入れの方法も教わった。同時に「身なりも旗本らしく」と諭された。それ以来、刀の手入れを怠らず、外出するときは小袖に羽織・袴を着け、足袋に雪駄を履く。

月代《さかやき》は剃らず髷《まげ》も結ってはいないが、長い髪は櫛で整え、うしろで束ねている。腰には士の証しとして二刀を帯びているが、刀術の心得のない身には護身用にもならず、ただの飾り物にすぎない。だが身形《みなり》はともかく、その精神《こころ》は真の士でありたい――と日々念じている。

家康様から下賜され豪奢《ごうしゃ》な刀袋に収まった二刀は、さぞかし名刀なのだろうが、そのことにさほどの関心はない。それより〝武士の魂〟とされるところに惹かれ、それを理解できる境地に近づきたい――と常々思う。

その名刀を飾り物として日常帯刀するのは、いかにも畏れ多い。そのため、別の二刀をたばさんでいるが、すべての刀の手入れは日々怠りない。

本国の海軍で小さな輸送船の艦長だったころ、下級の士官としてサーベルを帯刀していたことがあった。おなじ刀剣でも、西洋の騎士のサーベルと日本の武士の刀では、本質にどこか違いがあるように思う。だが、その相違は、漠としてわからない。

心の迷いや葛藤に悩むとき、部屋で抜身の刀身と対峙する。ただじっと見つめているだけで、なぜか迷いや悩みは潮が引くように影を潜め、やがて心の落ち着きを覚える。

極限まで鍛え上げられ、緩やかに反り研ぎ澄まされて冷たい光を放つ刀身。半円を描く切っ先の鋭利さ。刃先の鈍く妖しげに波うつ刃紋。どこをとっても美しく奥ゆかしさを感じさせる日本刀。

これは単なる武器ではない。まるで、持つ者の精神を安定させる魔力が宿っているかのようだ。それが、サーベルとは異なる本質なのか——そう感じたとき按針は思った。

(わが精神《こころ》は、士に近づきつつあるのでは—)

オランダ船来航

一六〇九年（慶長十四年）七月一日、オランダの商船バイレン号とフリフーン号二隻の艦隊が、はじめて肥前の平戸に来航した。オランダ船を鶴首の思いで待ち望んでいた平戸藩は喜びに沸き、盛大に歓迎したうえで、長崎奉行を通じてこのことを幕府へ報告した。

オランダは、五年半にわたって日本に足止めされていたリーフデ号の乗組員を、平戸藩主松浦隆信（宗陽）がタイ国に送還してくれたことに対して、国家として感謝の意を表わし、今後の友好を求めて使節団を派遣したのである。

オランダの東インド会社設立から七年が経ち、リーフデ号の乗組員がタイ国に送還されてから四年が過ぎている。

幕府の命を受けた按針は、従者甚九郎と東海道を西上した。オランダ船の来航は、平戸藩同様に按針も長いあいだ待ち焦がれていた。そのため按針は、旅の途中も気が急《せ》いてならなかった。

――オランダの艦隊は、リーフデ号のように地獄の西回り航路で来たのか。いや、成功しなかった危険をくり返すことはしないはずだ。だとすれば、その航路は敵対国の危険に曝《さら》されることはなかったのか。ヨーロッパの情勢は、どのように変ったのか――。

一刻も早く艦隊の司令官に会って、そうしたことを確かめたかった。

京の都から淀川を舟で下り、大坂の街に着いた。按針は大坂城を仰ぎ見た。そこは九年前、按針が初めて徳川家康に出合った場所である。

―ヨーステンとともに牢に閉じ込められたこと

―二度にわたって、長時間家康の尋問を受けたこと

―海賊の嫌疑が晴れ、咎人から客人へと処遇が急変したこと

そうしたことが思い出された。その地に旗本としてふたたび訪れることになろうとは、そのころは思いもよらなかったことである。

その大坂から堺まで歩き、そこから海路で瀬戸内海、関門海峡を経て平戸島に向かった。堺の湊から九州の博多、平戸、長崎へ向けて、四、五日ごと不定期の船便があり、おもに異国との交易品を扱う商人が利用している。

主従は、両船の入港からちょうど五十日目に、平戸島に着いた。

九州の西の果て、島の北部が本土の田平に掏《す》り付くような平戸島は、南北に十里（約四十キロメートル）と細長く、島全体が起伏に富み平地が少ない。本土に近い島の北部に、平戸の湊と藩庁の日之岳城がある。城は南に屹立する亀岡に、湊を見下ろすように、佇《たたず》んでいる。

小さな湊をとり囲むように海沿いのせまい平地に町屋が並び、周囲の小高い山の中腹に武家屋敷が点在して城下町をなしている。按針はその平戸に来てみて、あらためて異国との交易上の利点を実感した。

ヨーロッパから東回りで日本に向かえば、夏場は風と黒潮の流れから平戸が寄りやすく、朝鮮半島や明国（中国）とも近い。そのため、平戸には明国の商人が多い。また、明やポルトガル、南蛮との長い交易の歴史がある平戸では、異国人が珍奇の目で見られることもない。ただ、武家姿の西洋人按針は別格であろうが。

幕府顧問の按針は、日之岳城で三代藩主の松浦《まつら》肥前守隆信（宗陽）と、その祖父で藩主後見人だった鎮信《しげのぶ》（法印）から、大いに歓待された。藩主隆信は、二十二歳と若い。

二人の藩首脳から、この機会になんとしてもオランダとの交易を始めたい――と告げられ、そのための力添えを懇願された。

平戸藩としては、外洋船を建造しリーフデ号乗組員を送還した先行投資の果実を、早く得たいのだ。そのことは按針自身も感謝しており、たがいの印象が悪いはずはない。按針は使節団に協力し、幕府が交易の許可を与え藩主らの願いが早期に叶うよう、強く幕府首脳に進言することを約束した。

そのあと、湊に停泊している旗艦のフリフーン号に舟で渡り、オランダ使節団の代表ヤックス・スペックスに会った。按針は名乗ったうえで、かつてのオランダ艦隊リーフデ号の航海長で日本に残留し、いまは幕府の顧問になっていることを告げた。

それを聞いたスペックスは驚いた。

「リーフデ号の帰還者から、はなしに聞いてはいたが、君がその人だったとは」

「お会いできるこの日を、ながいあいだ待ち望んでおりました」

「君がいてくれるとは、百万の味方がいる思いだ」

そう喜んでから、日本との交易を求めてやってきたこと。そのための商館設置が幕府に認められれば日本に留まり、その責任者になるのだと言う。

「今回の航路は、東回りでしたか」

「もちろん、そうだよ」

「では、ヨーロッパの情勢はどのように」

「五隻の艦隊が出航した十一年まえのころからすると、大きく変わったよ」

按針は身を乗り出すように聞き入った。

「かつて隆盛を誇ったスペインとポルトガルの勢いは落日のようで、代わってオランダとイギリスが力をつけ、現在はむしろオランダが両国を凌いでいる」

按針はその変わりように初め驚いたが、同時に期待通りでもあったため安堵した。

「いまでは、彼らがわれわれの船を見ると、負け犬のように尻尾を巻いて逃げだすほどさ」

スペックスの自慢気な話しに、すぐには信じかねるといった表情の按針に、スペックスは念を押した。

「ほんとうのことだよ」

「では、東回り航路でも危険はないと」

「そのとおりさ」

按針は、もっとも気になっていることを訊いた。

「わが本国の船は、いつごろこの日本にやってくるだろうか」

「十年ほど前に東インド会社を立ち上げて、東アジアへ進出を始めたよ。だから、そう遠くないうちに日本へもやってくるだろう」

大きく頷いた按針を、スペックスはさらに喜ばせた。

「いずれこの国との交易でも、われわれのライバルになるだろうさ」

スペックスのもたらした情報や見通しは、按針にとって小躍りしたくなるほどのものだった。そのあとバイレン号に移り、念のため船団の商人頭プルークにも会って話しを訊いたが、彼もスペックスと同じようなことを言った。

こうした二人の話しから、按針はヨーロッパ情勢の変わりようと、同時に本国の船が日本にやってくる日が、そう遠くないことも知った。そのときがくれば、本国のために役立つことができるし、帰国も叶うだろう——と、期待に胸が膨《ふく》らんだ。

数日後、按針の案内でスペックスとプルーク、通詞サントフォールらオランダ使節団の一行は、フリフーン号で駿河国（静岡県）の駿府に上った。

駿府城は、家康が将軍になってから自身の隠居に備え、各大名に工事を分担させる〝天下普請〟で建てた城である。東海道の要衝に位置し、三重の濠に囲まれた広大さと豪壮さは、幕府の本拠江戸城に勝るとも劣らない。

このころの幕府は、権力が二重構造にある。将軍は江戸城の秀忠だが、幕府にとって駿府城に隠居した大御所家康の存在があまりにも大きい。秀忠は常に家康の顔色を窺っており、幕府の実権は隠居後も家康が握っている。

家康は駿府に隠居をするとき、老側近の本多正信を将軍秀忠の補佐役として江戸城に残し、代わりに正信の嫡男正純を側近として駿府城に侍《はべ》らせている。家康がみずから正純を教育して、秀忠のつぎの側近にとの考えからだ。

按針は、本多正純に家康への拝謁を願い出、二日後に一行の拝謁が許された。

スペックスは、通商を求めるオランダ国王の親書を、按針の助言に従い側近の正純を介して家康に渡した。按針が親書を訳して趣旨を伝えたところ、家康は遠路の訪日を労ったうえで、オランダが国内で交易することを快諾した。そのうえで、家康の想いを使節団に伝えた。

「余は、江戸に近い浦賀を異国との交易の要《かなめ》にしたいと思うておる。そのために、按針を三浦郡の領主に据えている」

「大御所様のご意向は、よくわかりました」

スペックスは、そう応じた。

一行は、その後フリフーン号で浦賀の湊に入り、按針の屋敷を宿にした。

翌日、一行は江戸へ赴き按針の屋敷に逗留した。按針はその足で、江戸城の本多正信に使節団の将軍への拝謁を願い出た。

その三日後、使節団は江戸城で秀忠への拝謁を許され、秀忠は家康の意向に沿い、正式に国内でオランダの交易を許す朱印状を与えた。

通常、大御所家康や将軍秀忠は、相手がたとえ異国の使節団であっても、権威を誇示するためそう簡単に拝謁は許さない。あらかじめ珍重な献上品を贈り、十日や二十日は待たされたあげく、ようやく拝謁を許されるのがこれまでの通例であった。それが按針の仲介で、大御所、将軍とも二、三日後には拝謁を許したのだ。

按針はこのオランダ使節団と幕府との交渉で、通訳としてだけではなく、幕府顧問としても面目躍如の働きをした。それは、按針が家康に重用されていることもさることながら、日本の文化や習慣を前もって助言し、スペックスがこれを素直に受け容れたからである。

オランダ使節団は、八月十五日に海路で平戸に戻り、貿易の拠点をどこに置くか協議した。その結果、商館を平戸に設置すると決めた。浦賀を推す家康の意向には沿わないが、リーフデ号乗組員の送還に対する、平戸藩への恩義もあってのことだった。

当時、異国との貿易に介在する商人は、堺、博多、平戸、長崎、豊後などに多かった。これら西国の各地から、商業の中心地である堺や大坂、京の都などを経て、江戸を中心とする東国へと流通する。そうした事情から、家康が商館設置を勧めた浦賀は不利な状況にあった。

平戸藩が幕府に外洋船の建造を願い出てから四年半の歳月を要したが、こうして藩のもくろみは成った。

その年の九月二十日、オランダ使節団は平戸で民家を借りて商館を開設し、ヤックス・スペックスがその初代館長となった。その商館は、平戸の湊入口北側の海岸に突き出た〝常灯の鼻〟と呼ばれる場所である。

使節団と幕府との交渉で、通詞や仲介の労を通じて双方に貢献した按針にとって、使節団の対応は満足すべきことだけではなかった。幕府との交渉を終えてから、スペックスがすまなさそうな表情で按針に打ち明けた。

「いまごろになって、申しわけないのだが──」

そう言いながら、按針に二通の分厚い封書を手渡した。それは、本国イギリスから按針に宛てたものだった。驚いたことに、一通はすでに開封してあるではないか。

按針は待ちに待った本国からの手紙に、飛び上がらんばかりの喜びと同時に、スペックスがなぜ来日してから二か月もたったいまになって渡すのか──その疑念の挟間で、開封するまえに複雑な心境になった。

手もとの封書を茫然と見つめている按針に、スペックスは釈明した。

「じつは、会社の重役たちが、われわれが異国人の手紙を運ぶことを禁じている。そのため君に渡すべきかどうか迷っていたので、渡すのが遅くなってしまったのだ」

「……」

イギリス人の自分は、オランダからすれば確かに異国人に違いない。だが元はといえば、オランダ艦隊の一員として、幾多の危険を冒して命がけでこの日本にやって来たのだ。しかも、この国では艦隊を代表する立場に置かれ、その務めも十分に果たしてきた。それなのに、一介の異国人と見られるとは──という不満がある。

「そういう事情があったのだ。今回の功労者である君にたいして、まことに申しわけない」

「……」

按針には、その釈明の真相はわからない。だが事実であれば、会社の禁を冒して手紙を運び、いまになったがこうして渡してくれたのだ。

按針がクワッケルナック船長に託して本国に宛てた手紙は、オランダ東インド会社からイギリス東インド会社を経て本国に届けられ、その返書も本国の会社から逆の順で届けられたものだった。これからのこともあり、抗弁は思いとどまった。釈然としないまま軽く会釈をして手紙を受け取り、そしてスペックスに頼んだ。

「貴国の会社の方針はわかった。そのうえで、あえてお願いしたい」

「なんだろう」

「つぎに書く手紙も、ぜひイギリスまで届くよう計らってもらえないだろうか」

「……」

「なんとかお願いしたい。わたしにとっては、いまはそれしか方法がないのだ」

「……わかった。今回の君の功労に報いるためにも、なんとかしよう」

スペックスが了解してくれたので、按針は本国に宛てて二度目の手紙を書いた。

長文のその手紙は、未知の友人などに宛てたもので、要約するとつぎのような内容を認《したた》めた。


—一年九か月におよぶ苦難の航海のすえ、五隻の艦隊のうちリーフデ号のみが、命からがら目的地日本の国に漂着したこと。

—その後日本国の皇帝に好意的な扱いを受け、外洋帆船の建造を頼まれた。それを成し遂げたところ、皇帝の信頼を得てハタモトという母国の貴族にも匹敵するほどの待遇を受けるようになったこと。

—現在は、皇帝の外交顧問として忙しい日々を送っていること。


この手紙の末尾には、つぎのような日本国にたいする印象も記した。

日本島はとても大きく、北東から西南西までの長さは二百二十英リーグ、北は北緯四十八度から最南点の北緯三十五度にわたって延びています。

この国の人は気だてがよくて、とても礼儀正しく、戦争においても勇敢です。彼らの裁判は公正で、法律を破った者は厳しく罰せられます。

市民は非常に社会秩序のある方法で統治されており、これほどすばらしい管理政策により統治されている国は、世界のどこにもないかもしれません。

宗教に関しては、とても迷信深く多様な意見を持っています。大多数のイエズス会とフランシスコ会の修道士により、多くのキリスト教徒もこの国におり、教会が国中に建てられています――。

宗教に関する日本人の印象で「とても迷信深く、多様な意見を持っている」とあるのは、一神教であるキリスト教徒の按針から見たとき、神道を尊崇し、なおかつ仏教にも帰依する日本人の多神教性をも指していよう。

スペックスは手紙を預かり、按針に告げた。

「この手紙を届ける代わりにといってはなんだが、実はわたしからも君に頼みがある」

「なんだろうか」

「君の一存で決められるのかどうかわからないが、オランダ商館の顧問になってほしい」

そう頼んだ。くわしく訊いてみると、按針に江戸在住のまま、幕府や取り引きする商人との折衝に当ってほしいのだという。商館のいわば〝江戸支店長〟で、その報酬は月に十五ポンドという。それは、とてつもない高額である。

按針は、もし叶うならばいつでも本国へ帰国したい──というのが本心である。仮にいつまでも帰国が叶わず、その間に本国の船が来航してこの国に商館を置くことにでもなれば、大いに悩むであろうことは想像に難くない。いずれにしても、旗本の按針として、この件は独断で決めることはできない。

「手紙のことは、これからのこともあり、異国人であっても商館の顧問となれば、会社は大目に見てくれることになるだろう」

「そのことはわかった。相談してみるよ」

按針は、そう応じた。後日、オランダ商館顧問の件を本多正信に伺いを立てたところ、正信は即答した。

「大御所様の御意を体するならば、このことは許されよう」

こうして按針は、オランダ商館の顧問役を引き受けた。そのことをスペックスに手紙で報せ、その後は江戸在住のままオランダ商館のために骨を折った。

二隻目の外洋船

この年、幕府はとつぜん諸藩の大型船保有を禁止する布令《ふれ》を出した。

これによって諸藩は、五百石（七十五トン相当）を超える船が保有できなくなり、事実上外洋船の建造を禁じた。幕府は、諸藩と異国との交易に制限を加える政策へと舵を切ったのだ。

この新政策を決めるにあたって、按針は蚊帳の外に置かれた。もし、按針が前もって下問されたならば、つぎのように具申しただろう。

「これから先、日本は海洋国として利益の一致する諸外国と大いに親善を深め、交易を盛んにして国を豊かにしたほうがよいでしょう。そのためには、むしろ諸藩の外洋船建造を奨励し、造船技術と航海術の育成をはかることが良策と存じます」

だが現実は、将軍が家康から秀忠に代わったことで按針が将軍に謁見できる機会も減り、意見を求められる機会も少なくなっている。

同じ年（一六〇九年）の七月二十五日、スペイン船籍三隻の艦隊が、スペイン領フィリピンのマニラはカビテ港を出港した。

サン・アントニオ号
サン・フランシスコ号
サンタ・アナ号

この艦隊がめざした先は、太平洋を横断してスペイン領のメキシコ（当時の地名：ニュースペイン）であった。ところが、艦隊は航海の途中不運にも日本の南東海上で台風に遭遇した。三隻のうち、サン・アントニオ号だけは奇跡的に嵐を乗り切り目的地へ向かったが、サンタ・アナ号は航行不能となり、豊後の海岸に漂着した。

残る旗艦サン・フランシスコ号は、一千トンもある当時としては巨大船だったが、房総半島沖で難破し沈没した。乗組員五十人が溺死し、三百七十人が浮遊物につかまって房総半島周辺の海岸に漂着した。

大量の財宝を運搬していたこの船には、フィリピンの臨時総督だったドン・ロドリゴ・デ・ビベロが乗船していた。漂着した彼らは地元の住民に援けられ、衣服や食料を惜しみなく与えられた。

こうした異国船漂流者への対応は、外交問題で幕府の権限である。漂着した地元の大喜多城主は、駿府の家康に使者を送り、彼らの処遇について伺いをたてた。

翌八月の十七日、按針は将軍秀忠の命を受け、乗組員が収容されている房州（千葉県）岸和田で、彼らの収容状況を検分した。漂流者たちを見て、按針の脳裡に九年前のことが鮮やかに蘇《よみがえ》った。リーフデ号で豊後に漂着し、曳航されて泉州堺の屋敷に収容されたときのことである。

そのときのことでもっとも強く印象に残っているのは、敵対関係にあったポルトガル人宣教師から海賊だと吹聴され、罪人の扱いを受けたこと。そのため、こうした被災者にたいしてどう対応すべきか、按針は身につまされている。

なにより必要なのは、国や人種、政情などを超えて彼らを弱者として救済に当たり、可能な限りその願いを聞き容れることである。この岸和田では、按針がかつて数日間豊後で過ごしたときのように、弱者を労る手厚い対応がなされており、安心した。

このころは、漂流者の救済に関する条約や国際法などは存在しない。だが漁師であれ航海者であれ、船に乗る者は常に遭難の危険に曝《さら》されている。外洋に出ることの少ない日本人でも、その例外ではありえない—と按針は思う。

按針は、さっそく漂流者の代表スペインの要人ドン・ドロリゴに会った。漂流者のなかにオランダ語のできる者があり、ドロリゴはその船員を通訳にたてた。

ときの超大国スペインの高位貴族と、かたやイギリス平民出身の按針である。互いの本国での身分は、天と地ほどの開きがある。だがいまは、与えられた特段の権限はないものの幕府の顧問と、海難事故で漂着した外国の貴人である。

互いに名乗りあったあと、ドン・ドロリゴは巨体をゆすりながら、地元住民や領主の手厚い対応に感謝の気持ちを表わした。そのうえで按針に訴えた。

「できるだけ早く、この国の船でわれわれをメキシコまで送還してくれることを望んでいる」

按針は、相手の不安を和らげようと、気づかって告げた。

「わたしはいまでこそ幕府の顧問だが、イギリス人で日本をめざしたオランダ艦隊の一員リーフデ号の航海長だった。嵐に遭遇して自力で航行できなくなり、貴殿と同じように漂着した者です」

ところが按針の意に反し、ドロリゴは眉をひそめ、とたんに険しい表情になった。敵対国出身と分かったからだ。それを察した按針は、日本の諺《ことわざ》を紹介した。

—困ったときは、あい身たがい—

「わたしも身をもってそのことを学んだから、心配なきよう」

そう言うと、ドン・ドロリゴはいくぶん安堵の表情を見せた。

「しかし、幕府には大型の外洋船はありません。しかも、今年になってから幕府は諸藩へ大型船保有禁止令を出しています。そういう事情で、残念ながら早期の送還はむずかしいでしょう」

「この国の事情は分かったが、そこを何とかならないだろうか」

ドロリゴは、太った体を縮めるようにして、按針に懇願した。

「貴殿がメキシコへ早期の送還を望んでいることは、誠意をもってこの国の皇帝に伝えましょう」

按針は、ドン・ドロリゴと側近たちを、江戸城の将軍秀忠と駿府城の家康に引き合わせることにした。房州岸和田から陸路を江戸に向かい、江戸城で将軍秀忠に拝謁した。

そのあと、東海道を駿府城に向かった。

駿府城ですぐに拝謁を許した家康は、漂着者に同情し哀れんだ。

「貴殿らも難渋《なんじゅう》であったのう」

ドン・ドロリゴが退出してから、按針は漂着者の側に立って具申した。

「彼らは、できるだけ早い時期にメキシコに送還してくれることを望んでいます」

家康は理解を示し、按針に問うた。

「そちたちの船は、いまどうなっておる」

「はい。リーフデ号は補修されることなくすでに十年近くが経ち、傷みがひどく、もう修理はできないと存じます」

「そうなれば、そちが造った船はどうじゃ」

按針は頭のなかですばやく見積もってみた。だが、どう見ても不可能である。太平洋を渡った経験から、メキシコまでの太平洋横断は二か月はかかると見込んだ。途中物資の補給はできず、その間必要な乗員分の水や食糧、薪などをとても積載できない。

「畏れながら申し上げます。八十トンの船で三百七十人を乗せて、あの大海洋を渡ることはできません」

「ならば、いかほどであればよいか」

「……最低でも、一倍半の百二十トンは必要かと存じます」

家康は肯いた。

翌一六一〇年（慶長十五）の初め、按針を江戸城に召し出した将軍秀忠は、二隻目の外洋船を建造するよう命じた。大きさは百二十トンという。その規模は、かつて按針が故郷の造船所で建造にかかわった最大級のものとなる。さいわい最初に造船したとき図面を残していたので、設計は容易であった。

按針は、一隻目のときと同じ伊豆半島の伊東で船大工たちを集め、松川の河口にドックを造り建造に取りかかった。

初めて外洋船を建造したときは、リーフデ号の船大工ヤンスゾーンがいたが、ほかの仲間とともにタイ国に送還されている。それでも前回の経験から、伊東の船大工たちが要領を覚えていた。一倍半の規模でも、前回とほぼ同じ期間で建造することができた。

わが国二隻目となるこの西洋式帆船は、家康の指示なのか〈按針丸〉と命名された。

この船が完成したのち、按針がドン・ビベロの部下を乗せて伊東から浦賀までを試運転し、安全を確認したあとビベロに引き渡された。この船は三百七十人の漂着者を乗せ、浦賀から太平洋を横断して、目的地のメキシコのアカプルコに無事到達した。この航海の成功で、按針の造った船が長期の外洋航海に耐え得ることを実証した。その翌年、ドン・ビベロは返礼のため幕府へ大使を送り、船の代価や大量の返礼品とともに、別の中古外洋船を送ってきた。このことが縁となって、のちに数回浦賀の湊にスペインの交易船が来航した。

按針が建造したこの按針丸は、のちにスペイン人の所有となり、その本拠地フィリッピンに置かれたという。

一六一一年（慶長十六年）の十月に、按針は従者甚九郎とふたたび平戸を訪れた。今回の目的は、二年まえ平戸に設置されたオランダ商館と、平戸に入港したばかりのオランダ船を検分することで、按針が幕府に願い出て許された。

オランダ商館が開設されてからというもの、平戸の町には西国の各地から商人が集まるようになり、明の商人も以前より増えている。二年前からすると、町は見違えるほど活気に満ち、湊に停泊する船の数も多くなっている。

按針は常灯の鼻にあるオランダ商館を訪れ、商館長のヤックス・スペックスに会った。旧知のスペックスは、商館設置にいたる功労者で商館の顧問を引き受けた按針を心から歓迎した。按針は、今回来航した船のことと商館の状況について尋ねた。

今回入港したのは小型船で、積荷は羊毛布地、鉛、象牙、ダマスク、黒色琥珀、生糸、胡椒、そのほかという。これらの商品は本国オランダと南蛮で仕入れたものが半々で、商館は日本の商人と取り引きし、銀や金などに交換するという。

「商館の事業は、順調にいっているだろうか」

「去年は見込みどおり投資が多かったが、今年は本国からの交易船も入ったから、いまのところ順調だよ」

本国からの交易船だけではなく、南蛮にも会社の船があり明国や南蛮との交易も始めたのだ。

「それはよかった」

「これからも、おおいに拡大が期待できるだろう」

楽観的な見通しを語ったスペックスに、按針は気になることを訊いてみた。

「イギリスの船が、この国に来るような情報はないだろうか」

「いまのところは、まだなにも聞いていていない」

「日本に来て、交易する気はないのだろうか」

「われわれとおなじように東インド会社を立ち上げているから、近いうちにこの国へかならずやって来るさ」

「そのときは、仲よくやってくれることを期待しているよ」

「君には悪いが、ライバルが来るまえに、できるだけ差をつけておきたいね」

そういってスペックスは、豪快に笑った。


按針は、平戸の藩庁に首脳を訪問してあいさつした。藩主隆信は、オランダとの交易実現に尽力してくれた按針を丁重にもてなしたうえで、侍《はべ》る家老を指して言った。

「貴殿が平戸に滞在されるあいだ困ることがなきよう、家老の佐川になんなりと申しつけられよ」

按針は、この平戸でどうしても行ってみたいところがある。平戸藩がリーフデ号の仲間をタイ国に送るため、大型ジャンク船を建造した場所である。

按針は、自分より十歳ほど歳下と見える城代家老佐川主馬之助に頼んだ。

「仲間をタイ国に送ってくれた船の建造場所を、案内してもらえまいか」

「それは、川内《かわち》という湊です。そこは平戸の湊から舟で半刻（一時間）ほど南に下ったところです。案内させましょう」

佐川は気安く応じ、船頭つきの舟を出し、案内の若い藩士を付けてくれた。その藩士は里村忠左衛門と名乗った。歳のころは二十半ばと見える。

舟は平戸の湊を出て、平戸島と本土を隔てる狭い海峡を通り、海峡が急に広くなってしばらく進んだあたりで「千里ヶ浜」と呼ばれる広くて美しい砂浜の沿岸を通った。浜辺の奥には、真っ白な砂丘が山の裾まで波打って続いている。

その美しい海岸に見とれながら中ほどまで来たとき、浜に莚《むしろ》巻のようなものが打ち上げられているのが目についた。よく見ると、両端から人の頭と両足らしいものが見える。ふしぎに思った按針は、案内の里村に舟を浜に着けてくれるよう頼んだ。浜に上がり近くで見ると、なんと男が簀《す》巻きにされており、まだ息があるようだ。

「これは、いったいどうしたことか」

「こがんことするとは、ゴロツキ仲間の罰です」

「それにしても、ひどいことを」

「こん男は、川内の湊で博打《ばくち》のイカサマがばれて、海に流されたとでっしょ」

驚いて問いかけた按針に、めずらしいことではないのか、里村は平然と答えた。按針は、ゴロツキ、バクチ、イカサマなどのことばは初めて聞いた。だが、状況からして、それらの意味はおおよそ見当がつく。

按針が片膝を着いて男に声を掛けようとすると、里村がうしろから遠慮ぎみにいう。

「三浦様、放っておかれたほうが、よかと存じますが……」

地元の藩士がそうは言っても、人の命にかかわることだ。按針としては見過ごせない。さいわい一度は浜に打ち上げられたが、潮が満ちてくればふたたび海に流され、溺れ死ぬに違いない。按針は甚九郎に命じて縄を切り、莚を解いて男を助けた。

「こん男は、薄香《うすか》の権三ちゅうやつで、漁師くずれのゴロツキです」

薄香とは、平戸島の北側、外海に面する湊のこと。里村は按針にそう告げてから、権三に声を掛けた。

「こんお方は、三浦按針様とおっしゃるお上のお役人様ぞ。助けてもろうたお礼ばいわんか」

「三浦様、助けてもろうてありがとござした。こんご恩は一生忘れまっせん」

権三は、助けてくれた人物が武家姿の西洋人であったことに驚いた様子ながら、濃い無精髭で精悍な顔を砂に擦りつけて礼を言った。歳のころは、里村と同じくらいで二十半ばだろう。褌《ふんどし》一つの哀れな格好に苦笑しながら、按針は無言でうなずいた。

「もう、悪さばしたらいかんぞ」

里村の投げかける諭すことばを背に受けながら、権三は砂丘の奥へと向かった。途中で、一つ大きなくしゃみをしてから、鼻水をすすりつつふり返り、なんども頭を下げながら砂丘の奥に立ち去った。

途中そうしたこともあったが、按針たちはほどなく川内の湊に着いた。

さして大きな湊ではなく人家も少ないが、平戸には明国の密貿易船が多く、ひところはポルトガル船の来航も多かった。そうした外洋船の修理や牡蠣殻《かきがら》落しは、もっぱらこの川内湊で行われており、大型船を大勢の人力で陸揚げする船台がある。

「この船台に足場ば組んで、お許しのあったジャンク船ば造ったとです」

と案内の里村が説明する。湊の近くの〝丸山〟という場所には、船員向けの数軒の妓楼もあるという。ここが城に近い平戸と並んで、重要な湊であることを付言した。

按針は、帰りの船便の都合で、平戸に五日間滞在した。

平戸からの帰途、船で堺の湊に着いた按針と甚九郎は、堺の町で投宿した。按針にとっては、堺も感慨深い町である。漂着した臼杵からリーフデ号が曳航され着いたところがこの町で、大坂の城下に移送されるまで、ある屋敷に拘禁されていた。

その堺に立ち寄ったのは、ある目的のためである。かつてリーフデ号の仲間が浦和の屋敷にとどめ置かれているとき、船長と按針に反抗して出奔したギルベルト・アベルソンたち四人のオランダ人の行方は、依然として判らない。

その彼らのことが気にかかり、いつかは消息の手掛かりを探したいと思っていた。彼らが出奔してからすでに十一年が経ち、他の十五人の仲間がタイ国に向かってからも六年になる。ずっと気掛かりではあったものの、これまで堺に立ち寄る機会がなかったのだ。

このころの堺は、日本で商業のもっとも栄えた町で、南蛮を中心に異国の商品が多く集まっていた。ヨーロッパ人の居住者も多く、按針は彼ら四人の情報がもっとも得られやすい町とみていた。

按針と甚九郎は、堺の町をまる一日かけて、手当たりしだいに聞き込んで回った。十年ほど前、それらしいヨーロッパ人を見たことがあるという情報もあった。だが、結局その後のことや現在《いま》につながることは、まったく判らずじまいだった。

一六一二年（慶長十七年）、望郷の念止みがたく、なんとしても本国へ帰還したい按針は、西回りの航海でイギリスへ帰国する、つぎのような窮余の策を立てた。

——二百トンほどの新たな外洋船を造り、有志の日本人五十人ほどを募り、按針が半年ほどをかけて操船と航海の訓練をする。その後、往路は西回りで南蛮、インド洋、ケープタウンをへて、大西洋のアフリカ大陸沿岸を北上してイギリスにいたる。この六か月ほどの航海中、按針がさらに乗組員を実地に指導し、航海者として育成する。

按針は本国に帰国し、食糧など必要な物資の補給や船の補修をしたのち、復路は日本人乗組員が協力し合い、過酷な遠洋航海を自力で体験しながら、往路の逆戻り航路で帰航する——。

一見、按針自身が帰国するための、手前勝手な計画にも見える。だが真に按針の企図するところは、むろんそれだけではない。日本はイギリスと同じ島国である。日本人みずからがこうした大航海の経験を積むことで、海洋国として活躍するきっかけになることをめざしたものだった。

そのことを将軍側近の本多正信に熱く語り、将軍秀忠への取り次ぎを願い出たが、その思いが叶うことはなかった。もう少し早く家康様が将軍のとき、そして仲間がタイ国に送還される以前に、リーフデ号の修理を前提にこの提案をしていれば――。

そう考えると、按針には悔いが残った。家康様なら、日本人航海者の育成をめざしてオランダまでの航海を許したのではないか。自身の帰国を許されたかどうかはわからないが――。

その年の夏、按針は将軍秀忠から、百トンの洋式外洋帆船の建造を命じられた。

諸藩の大型船保有は禁じられ、日本人が大航海の経験を積む按針の具申も却下された。でありながら、理由は聞かされないまま外洋船の建造を命じられる。二代将軍秀忠様にとって、自分はあくまで異国人で新参の下級旗本に過ぎないのだ。それが将軍に理由を質すことなど、できようはずもない。

(じぶんはいま、幕府にとって真に必要とされているのか―)

家康様なら、新たな外洋船が必要な事情の反問を許すだろう。それどころか、意見を求めながら目的を果たそうとするに違いない。按針は、濃霧の海で羅針盤が壊れた船のように、この国で生きる方向を見失った思いがした。

家康が将軍のとき、按針が旗本の身分を与えられたときを除けば、拝謁するのはいつも〝将軍寛《くつろ》ぎの間〟であった。そこでは、拝謁というよりむしろ対面という雰囲気で、家康は按針に幾多の質問をし、そこで交わされるのは対話であった。

だが、秀忠はいつも〝黒書院の間〟に召し出し、按針に対面や対話は許さない。あくまで拝謁であり、上意を下達する姿勢を崩そうとはしない。同じ将軍でも、按針にとっては家康より秀忠のほうが、はるかに遠い存在である。

按針は命じられるまま、これまでと同じように伊東で外洋帆船を建造した。

按針は、これまで三隻の外洋帆船建造を通して育てた伊東の船大工たちに、和船とは異なる西洋の技術を伝授した。だが幕府は諸藩の外洋船建造を禁じており、幕府自体にもその技術を伝承しようとする姿勢は覗えない。按針は念じていた海洋国日本の将来に、寂寞《せきばく》たる思いがした。

イギリス船来航

一六一三年（慶長十八）六月十一日　イギリスの商船クローブ号が、初めて肥前の平戸に来航した。平戸藩にとって近年ではオランダ船に次ぐもので、藩を挙げてこれを盛大に歓迎した。その報が長崎奉行を通して幕府に入り、将軍秀忠の命を受け按針は江戸を発った。

按針は甚九郎が轡《くつわ》を取る馬で、東海道を西に向かった。本国を離れてから、十五年ぶりに会う同胞である。これが、どれほど待ち遠しかったことか。もしかすると、家族に関する情報がもたらされるかもしれないのだ。旅の途中も、按針ははやる気持ちを抑えきれない。

京の都に着くと伏見城で馬を預け、淀川を舟で下り、大坂から堺まで歩き、堺の湊から船で瀬戸内海を通り平戸へ向かった。

平戸に着いた按針は、船を降りると艀船《はしけ》をそのまま湊に停泊しているクローブ号に着けてもらい、その船内で司令官のジョン・セーリスと副司令官のリチャード・コックスに会った。

按針は、船長室のテーブルに彼らと向かい合って座った。久しぶりに同胞に使う、母国のことばだった。

あいさつのあと、按針は本国の代表者である司令官に、気後《おく》れすることなく日本にたどり着いた経緯《いきさつ》と、その後の事情を詳細に語った。そしてこの国では、皇帝から与えられた〈三浦按針〉の名で呼ばれていることを告げた。

セーリス司令官は、国王ジェームズ一世から将軍に宛てた親書を携えていると言い、まだ三十代後半という若さながら、貴族の中でもかなりの高位にあることがわかる。

按針は、この国では幕府の外交顧問である自分を最大限に利用してもらうことが、本国のためになることを説いた。だが、司令官はどこか取り澄ましたような態度で、本国で平民の按針は親しみを感じ得ない。

「十五年まえ、オランダが西回り航路で日本に五隻の艦隊を派遣したことと、そのなかに十数人の同胞がいたことは承知している。そして、その航海は失敗に終わったことも聞いている」

その同胞の中でただ一人生き残った按針に、日本で出合えたことを喜ぶ素振りはまったく見せない。それどころか、按針の士姿を指して侮蔑のこもった口調で訊いた。

「君は、どうしてそんな恰好をしているのだ」

司令官は、さきほど語った自分の話しを聞いていなかったのか。あるいはわざと無視しているのかと、按針はやりきれない気持ちになった。が、気を取り直し毅然《きぜん》と答えた。

「旗本として、これはとうぜんのことです」

「君には、イギリス人としての誇りはないのか」

〝祖国を捨てた裏切り者〟といわんばかりの、按針の反論を封じ咎めるような強い口調だった。司令官に指摘されるまでもない。本国ではしがない平民でも、按針は日本で唯一のイギリス人として、国を代表する気概をもってこの国で過ごしてきた。その結果、日本の皇帝家康に認められて、旗本にも登用されたのだ。

だが司令官は、自分のこれまでの苦労や心情を推し測ろうともせず、出自や外見だけで人を評価しようとするのか—と、相手が同胞の貴人だけに失望した。按針は失意を抑え話題を変えて、この国の高官に対する接し方について助言した。

「この平戸藩では、王の隆信公とその祖父鎮信公のふたりが、江戸の幕府では、皇帝の秀忠公とさきの皇帝家康公、この四人が最重要人物で、あとは四人に近いそれぞれ少数の秘書官たちに贈り物が必要です」

こうして話しをしている途中で司令官は立ち上がり、按針を正視しようとしない。上の空で聞いており、いっぽうの副司令官は聞き逃すまいとする、対照的な態度を見せている。

この司令官の態度は、四年前に来日したときのオランダ使節団代表スペックスの謙虚なそれとはほど遠い。按針は司令官が同胞であるだけに、その傲慢《ごうまん》な態度に不信が募った。だが不愉快な気持ちを抑えて、日本で学んだことを助言した。

「この国で賄賂《わいろ》は、不正な行為です。必要以上に広く贈り物をすると、不正を疑われます」

「そうだったのか。ここ平戸にきて盛大に歓待されたので、すでに多くの人々に贈り物をしてしまったよ」

コックスが、藩主と鎮信公のほか、多くの奉行職の役人にまで贈り物をしたことを打ち明け「これからは、君のアドバイスに従うよ」と言った。

按針は、最後に副司令官コックスの謙虚な態度に救われたような気持ちになった。

按針は船を下り、甚九郎が探していた城下の宿に入った。

翌日、按針はあいさつのため、平戸城に藩主隆信と鎮信を訪問した。按針が二人の藩首脳と会うのは、三度目になる。

オランダに次いでイギリスとも積極的に交易をしたい隆信と鎮信は、幕府顧問の按針を下にも置かない歓待をし、幕府へのとりなしをいく重にも頼んだ。だが、そのあいだ二人の顔色は、なぜか冴えない。藩政上の大きな苦悩でもあるかのように、ときおり沈痛な表情を見せた。もとより按針にその理由はわからない。

前年、幕府は諸藩にたいして―切支丹禁止令―を出している。

以前秀吉政権時代に―伴天連《ばてれん》追放令―を出したことがある。これは、キリスト教の布教拡大を防ぐため、ポルトガル人の司祭を国外に追放するのが目的であった。だが今回は、国民のキリスト教信仰そのものを禁じたのだ。

かつて、ポルトガルとの貿易を通じてキリスト教信者〝切支丹〟の多い平戸藩は、幕府の目を恐れ、その対応に苦慮していた。だが按針は幕臣でも、そうした幕府の方針に関わりはない。仮に事情を打ち明けられたとしても、按針自身がプロテスタント派とはいえキリスト教徒であり、平戸藩に同情こそすれ咎める筋合いはない。

ところが、按針の平戸滞在中に驚天動地のことが起きた。

なんと、藩庁の日之岳城が黒煙を上げて焼失したのだ。しかもそれは失火ではなく、藩主の命により〝付け火〟されたのだ。そのことは、領内の動揺や混乱を抑えるため、前もって藩の高札で領民に知らされていたという。

形あるもので藩を象徴するのは〝城〟である。同時に〝いざ戦《いくさ》〟となれば、防禦の要となる。平戸藩にとってかけがえのないその城を燃やすことで、幕府に対して異心がなく、ひたすら恭順する姿勢を示したのだ。

それは、公儀隠密の動きを察知した末のことなのか、あるいは幕府の顧問按針の滞在中を意識した所業なのか、按針には分らない。

いずれにしても、按針は幕府を畏怖《いふ》し対応に腐心する外様藩の実情を、西の果ての平戸藩を通して初めて知った。

数日後、イギリス使節団の一行は、按針の案内で平戸から海路を大坂に向かった。

大坂城を訪れると、城代が京の伏見城に行けば、幕府から一行のために人と馬が用意されているという。長崎奉行から来航の通報を受け、幕府が指示したのだ。伏見城で、京都所司代板倉勝重の配慮により、一行に人馬があてがわれた。東海道を馬で東下して駿河国に向かい、九月六日の朝駿府に着いた。

駿府城を訪れようとする前に、国王親書の取り扱いを巡って、セーリス司令官と按針とのあいだにひと悶着《もんちゃく》あった。

「この国では、国王の親書をさきの皇帝に直に手渡すことはできません」

「なぜだ」

「秘書官の手を介して渡すのが、この国のしきたりなのです」

「このような大事なものは、国王から委任を受けたわたし自身が直接相手に手渡すのが、とうぜんではないか」

司令官は、按針の助言を一蹴した。按針は司令官の言うことが間違っているとは思わない。だがそうした建前よりも、遠路この国までやってきた目的〝交易実現〟を果たすことこそが重要なのだ。そのためには、相手国の法や習慣に従う謙虚さも必要になる。だが按針は、あえて司令官にそれ以上逆らわなかった。

按針は駿府城に赴き、家康側近の本多正純に用向きを伝えたところ「一両日中に、大御所様との謁見がかなうであろう」という。意外にも早く拝謁できるのだ。そして案の定、本多正純が按針と同じように言った。

「親書を、直に大御所様に手渡すことはかなわぬ」

按針がそれを司令官に訳し伝えたところ
「君はどうして我をおし通そうとするのか。おかしいではないか」

あたかも按針自身の指示でもあるかのように、そう不満をぶっつけながら、不承ぶしょうながら従った。

九月八日、駿府城で拝謁したセーリス司令官にたいし、家康はにこやかに応対した。

司令官が、国王ジェームズ一世の親書を携えてきたことを告げると、家康は遠路の航海を労《ねぎら》い、国王への謝辞を述べてから言った。

「貴国が、わが国に商館を置き交易をはじめることは、当方としては願ってもないこと。貴殿らは、この日本国においては、なにごとも三浦按針の助言どおりになさることじゃ。さすれば、なにごとも満足する結果が得られよう」

按針はこれを聞き、思わず胸に熱いものが込み上げてきた。いっぽうで面映ゆくもあり、そのまま訳すべきかどうか一瞬迷った。が、司令官がどう解釈するかはともかく、ありのまま訳し伝えた。

家康は、オランダの使節団とおなじように、国内にイギリス商館を置くことに快く同意した。そして、これから江戸に赴く一行のために人馬を用意することを約束し、「江戸から駿河へ戻るころには、国王への返書も準備できているだろう」と付言した。

一行は馬で東海道を東下し、九月十四日江戸に着き、按針の屋敷で旅装を解いた。按針はすぐに登城し、本多正信に参府の用向きを伝えた。するとその三日後、将軍秀忠への謁見が許された。

使節団を迎えた将軍秀忠は、長旅のセーリス司令官を丁重に労《ねぎら》った。そして家康の意向どおり、正式に国内にイギリス商館の設置を許す朱印状を与えた。

下城してから按針は、商館を浦賀に置くよう使節団に進言し、一行は九月二十一日に浦賀へ赴いた。按針の領地浦賀の湊を検分させ、幕府の船舶奉行向井兵庫守正綱が説明に当った。

一行は逸見《へみ》の按針の屋敷に数日滞在してから、十月八日駿府城に戻り、家康の国王への返書を受け取ったのち、大坂から船で平戸へ戻った。

按針は司令官と副司令官に、商館を浦賀に設置するよう改めて薦め、その理由を二つ挙げた。

—いずれ江戸がこの国の商業の中心地になると、さきの皇帝家康様は考えている。今後は江戸に近い浦賀が重要な港になることを見越して、自分を領主に据えている。

—平戸ですでに先行しているオランダ商館との競合は、避けた方が賢明であること。

だがその進言も使節団には受け容れられず、商館は平戸に設置されることとなった。イギリスは、リーフデ号乗組員をタイ国に送還してもらったオランダのように、平戸藩に対して恩義がある訳ではない。だが、商館設置の目的は、オランダと同様本国と日本との交易だけではなく、東南アジアや明国との交易ルートの開発もある。そのため使節団は、平戸が最適と判断したのだ。


按針は平戸でオランダ商館を訪ね、館長のスペックスと会った。彼とは、本国使節団が上府する前にも会っている。按針は、イギリスの使節団も幕府から国内での交易を許され、平戸に商館が設置されることに決まったことを告げた。

「そうした事情から、これからは貴国だけではなく、わが本国の商館のためにも協力しなければならない。そのため顧問は辞めざるをえない」

「それは・・・・」

そう言ってスペックスはしばらく絶句した。按針には、これまで江戸に在って幕府への取り次ぎや商人との仲介などで、多大な協力を得てきた。それが今後は期待できなくなるのだ。それればかりか、彼はこれからライバルとなるイギリス商館の方に、重きを置くことだろう。

「なんとか、いままでどおり協力を願えないだろうか」

スペックスは、哀願するように頼んだ。

「……」

困惑した表情で無言のままの按針に、スペックスは思いを吹っ切るように言った。

「君の立場は、じぶんに置きかえてみればよく分かる」

「これまでのいきさつを考えると、掌《てのひら》を返すようなことにはならないさ」

「では、これからは、お手やわらかに頼むよ」

「おたがい異国の地で競い合うのだから、これからも協力できるところは協力し合っていこう」

スペックスは、安堵の表情を見せた。こうして、按針はオランダ商館顧問の職を辞した。

按針とセーリス司令官は、たがいに弾《はじ》きあう水と油のように気性が合わない。司令官は気位が高く、本国で平民の按針に見下した態度をとる。この鼻持ちならない貴族の司令官と会うたびに、按針は本国でみじめな身分だったころに引き戻されるような気分になる。

だが副司令官のコックスは違う。按針と同年配でもある彼とは、初対面のときから互いに相手を素直に受け容れている。まるで幼なじみか、近い血のつながりでもあるかのように気がおけないのだ。そのコックスから告げられた。

「商館の開設が許されたので、わたしは平戸にとどまって商館の責任者になるよ」

「それはよかった」

按針は心底そう思った。

「国を出るときから、そう決まっていたのさ」

「それなら、これからはわたしになんでも相談してくれ」

「さっそくだが、君はぜひとも平戸に来て、商館の仕事を手伝ってくれないか」

「もちろん、本国のために協力は惜しまないさ。でも、平戸に来て商館の仕事をすることが許されるかどうか。いまはなんともいえない」

江戸にいて、本国商館のため協力するぶんには問題はない。現にオランダ商館の顧問として、陰に陽に協力をしてきた。だが旗本の身分のまま、平戸で商館の仕事をすることは許されないだろう。では、旗本を辞することを幕府は許すだろうか。どちらにしても、コックスの期待に応えれば念願である本国への帰国は叶わない。

待望久しかった本国使節団が来日したことによって、これまでとは状況が変わり、さまざまな思いが按針の胸中に渦巻いた。

そこで、待ち望んでいた本国への帰国について、あらためて自問し直してみた。

――こんど下すのは、最終結論――

その決意のもとに、これまでなかったほど熟慮のうえにも熟慮を重ねた。

お雪

按針がこれまで抱いていた帰国の想いは、将軍が帰国を許さずその手段もない――

というなかでの、叶わぬ願望にすぎなかった。だが、本国の使節団が来日したことで、家康様や秀忠様も自分にとって特別の事情だと理解し、これまでと違って帰国が許されるのではないか――という期待が湧く。

本国に帰り家族が受け容れてくれるなら、これからの人生を懸けて、これまで果たせなかった家族への償いに努めることができる。その一方で、これまで日本で苦労して築き上げてきたものは、すべて水の泡となる。

それに代わって、本国で家族を守り償う手立ては果してあるのだろうか。ことに、あの司令官と一緒では、とても　――名誉ある帰国――　は期待できそうにない。帰国しても、元のみじめな生活が待っているだけかもしれない――。

そこで按針は、これを機会にこれまでは考えもしなかったことを大胆に思索した。

――もし、帰国せずこのまま日本にとどまったとき、本国に残してきた家族へはどうすれば償いができるか。

それは、日本にとどまって能力を最大限に活かす。そうして得た財産を、本国の家族とやがてできる日本の家族のために遺す。その手段は、コックスの期待に応えて平戸の本国商館で働くか、あるいは交易業として独立することで実現できよう――。

そう考えてみると、しだいにそれがもっとも現実的で、ほかの方策はありえない―と思うようになった。だがそのためには、旗本の身分のままでは自由に動き回ることはできないだろう。そうであれば、

――旗本の身分を捨て、この国で航海者として生きる――

それが、もっとも自分に適した道だ。

日本に漂着して以来、按針の精神《こころ》は、もっぱら〝本国への帰還願望〟に支配されてきた。ところがそれは表面上のもので、ある時期から心の深層にその願望を凌駕する無意識の〝ある想い〟が常に燻《くすぶ》っていた。

―日本での永住か

―本国への帰還か

その選択を迫られたとき、潜在する〝ある想い〟が堰を切ったように溢れ出したのだ。その想いとは

――お雪への思慕――

である。按針はもう一度心のなかで決意を確かめてから、大刀の鞘を払い刀身を凝視した。そして誓った。

――残された人生を、そのために懸ける――

人は長いあいだ思い悩んできたことでも、解決に向けた道筋と覚悟が定まると、それまでの苦悩は雲散霧消し、とたんに気が楽になる。そして、前向きな気持ちで解決に向かうことで、新たな人生が拓《ひら》けやすくなる。

馬込家のお雪は、そのころの町家の娘としてはめずらしく読み書きができる。幼いころから兄の初太郎とともに寺で学んでいたからだ。

そのお雪が十六歳になってから二年間、ある千石取りの旗本屋敷に女中奉公をした。奉公とはいえ、実態は大身旗本の奥方から格式高い武家の行儀作法を習い、教養を身につける〝行儀見習い〟である。こうしたことは、裕福な町家の娘では嫁入り前の修行として、めずらしいことではなかった。

その二年間の奉公を終えて実家に戻ると、待っていたように馬込家にはいくつもの縁談が舞い込むようになった。江戸で指折りの由緒ある大店の娘で、しかも気立てのよい評判の器量好しなのだ。当然ながら、相手は大身の旗本や大店の若旦那などで、玉の輿《こし》が引きもきらず――であった。

だが当のお雪は、どれかを選ぶように勧める両親に

「まだ、嫁ぎとうはありません」と言い、なぜか目もくれない。

「はやくしないと、嫁《い》きそびれてしまいますよ」そう言ってお雪を急《せ》かすのが、母豊加の口癖だった。そのようなとき、弟甚九郎から按針との結婚を薦められたのだ。

初めて会ったときから、按針のことを憎からず思っていたお雪は、神田明神の祭りから強く惹かれるようになり、伴侶として胸に想い描くようになっていた。

按針がたまに甚九郎と家を訪れるときは、贈ってくれた簪《かんざし》を髷につけ、それとなく気を惹こうとさえしていた。だが肝心のその男性《ひと》は、本国に残した家族への未練を断ち切れないのか、何年待っても一向に求婚してくれない。

（按針様は、もどかしいお方――）

お雪はそう思い、内心焦りをおぼえていた。

按針は初めてお雪と出合ってから、内心お雪のことを想い続けていた。だが、日本にとどまるか本国へ帰るかの決心がつかない以上、その胸の内を明かすことはできなかった。お雪に簪《かんざし》を贈るとき、直に手渡さず甚九郎に頼んだのも、そうした遠慮からだった。

そのためここ数年、お雪に会うのは甚九郎とともに正月に新年の挨拶に出向くときしか機会がなかった。その間に、気を揉んだ甚九郎がお雪と逢うように誘いをかけても、そのつどなにかと理由をつけ断っていた。そのため甚九郎は、もう二人のことをなかば諦めかけていた。

按針が日本にとどまる決心をしてから、甚九郎にうち明けた。

「お雪殿と一緒になることができれば、生涯この国にとどまってもよいと思う」

「それは、願ったり叶ったりです」

殿様がようやく決心してくださったと、甚九郎の目が輝いた。

「だがこういうとき、この国ではどうしたものかわからない」

「それなら、あとはお任せください」

「どうするのだ」

「こういうときは、仲人という頼りになる人を、あいだに立ってもらいます」

そういえば、甚九郎の兄初太郎の祝言にナコウドという、重要そうな役目の夫婦がいたことを、按針は思い出した。

「それを、だれに頼んだものか……」

「そのことも、お任せください」

「わかった。だが、そのまえに大事な話しがある」

按針は、お雪と一緒になることができれば、旗本を辞め平戸の本国商館に転身する決心をうち明けた。

「えーっ、せっかくのお旗本を辞めるのですか」

甚九郎は仰天した。あるじがお雪との結婚を望んで有頂天になったところに、逆落《さか》としを喰らったようにうな垂れた。

「ああ、お前も士でなくなるが、よくよく考えたうえでのことだ」

甚九郎は、正月のさなかにある葬式のときのように、なんともいえない表情でしばらく消沈していた。無理もない。敬い慕う按針が身内になる一方で、自分もせっかくなることができた士から町人に戻るのだ。しばらく考えたあと、やがて一度大きくうなずき、膝をぽんと叩き気を取り直していた。

甚九郎は、いつも気持ちの切り替えが早い。

「さっそく、父上のところに行ってまいります」

甚九郎から、按針のお雪への求婚の意志をだまって聞いていた平左衛門は、聞き終えると質した。

「それで、お前はどうするのだ」

「なにがですか」

「お殿様が、お旗本を辞めて平戸に行かれるときにだ」

「それは……、どんなことになっても、わたしは殿様について行きます」

「町人に戻ってもか」

「はい」

躊躇なく答えた甚九郎に、平左衛門は「そうか」と呟いてから、しばらく考え込んでいた。やがて「お返事は、しばしのご猶予を願いとう存じます」そう按針への言伝《ことづて》を託して甚九郎を帰し、その夜家族で話し合った。

「お殿様のお人柄は、申し分ないけれどねぇ……」

豊加が小さく嘆息をついた。その人柄を除けば、問題が山積なのだ。ふたりはあまりにも歳が離れすぎている。しかも相手は、あろうことか世間のだれもが羨む旗本の身分を捨て、遠い西国の平戸で船乗りに戻りたいという。愛する娘を嫁にやれば、今生の別れになるかもしれないのだ。

やがて生まれくる孫のことも気にかかる。このころ日本人と西洋人との結婚など、ないようなもの。生まれくる子が、世間から好奇の目で見られはしないか。その子の行くすえは、幸せになれるのだろうか。

そうしたことが気掛かりで、父の平左衛門や兄の初太郎にとっても、お雪の結婚相手として、二の足を踏むようなことばかり。ただひとつ両親がお雪を思い気休めになるのは、按針が国内にとどまるかぎり、甚九郎が付き随う覚悟でいることだけなのだ。

――お殿様には悪いが、この話しはお断りするしかないだろう。甚九郎は気まずい思いをすることになろうが、お雪ももう小娘ではない。それどころか、そろそろ世間では大年増《おおどしま》と揶揄《やゆ》される歳なのだ。もう分別はつくはずで、あらためて問い質すまでもなかろうが――。そう思いながら、父はあえて娘に訊いた。

按針の申し出に、甚九郎のほかは家族のだれも乗り気を示さないので、お雪はこれまで胸の内を明かしていない。

「お雪は、どうなのだ」

「……」

「この縁談《はなし》は、お雪の気持ちこそが大事なのだ。正直にいいなさい」

「父上、母上のお許しがあれば、按針様に嫁ぎとうございます」

お雪は顔を赤らめながら、そう答えた。両親にとっては意外だった。

「許さない、といえば――」

「……」

「どうするのだ」

「そのときは、お許しが出るまで待ちとうございます」

そのときは諦めます――と言うかと思えば、そうではなかった。父と母は、お雪の按針を強く慕う心情をはじめて知った。これまで数々の良縁を袖にし、嫁ごうとしなかった真実《ほんとう》の理由が、両親にいまようやく判ったのだ。

数日をかけてなんども話し合った。が、お雪と家族の気持ちは交わらない。平左衛門は、お雪が頑《かたく》なにそう望んでいるのであれば、この縁談を認めるしかないと思い、最後に念を押した。

「ほんとうに、それでよいのだな」

「はい。たとえなにがあったとしましても、雪にとりましては本望です」

母と兄も、お雪の気持ちがどうしても固いのであれば――とやむなく同意した。つまるところ、家族みんながお雪の気持ちを尊重したのだ。平左衛門は甚九郎を実家に呼び
「もしお殿様がお望みなら、仲人を立てるような形式もご無用です」

そこまで異国人の按針を気づかって、お雪の結婚承諾の返事をした。

甚九郎からそれを聞いた按針は、求婚のため馬込家に赴き、お雪と家族に自分の気持ちを率直に伝えた。

「わたしには、本国に残した妻と二人の子があり、これまでその家族のためにも帰国したいと思ってきた。ところが、お雪殿と出合ってからは帰国することはあきらめ、この国で心の安らぐ暮らしをしたいと思うようになり、その決心もついた。

本国の家族にはせめてもの償いとして、先々財産の半分を贈りたいと思っている。お雪殿や、新らしい家族のために、旗本の身分を捨ててウイリアム・アダムスに戻り、本国と日本の家族のために存分に働きたい。

親子ほども歳が開いているが、残りの人生をお雪殿とともに過ごしたい。こんなわたしだが、この思いを受け入れてほしい」

「お優しい按針様を、お慕い申しておりました」

お雪は、按針の求婚を即座に受け容れた。

こうして按針は、日本橋大傳馬町の名主、馬込勘解由平左衛門の娘お雪を妻に迎えた。このとき按針は四十九歳、お雪は二十五歳であった。

この夫婦は、のちに男の子ジョセフと女の子スザンナの二人の子に恵まれる。

第三章　平戸のアダムス

按針からアダムスへ

按針がお雪を妻に迎え、幕府へ暇乞《いとまご》いを願い出る時期を見計らっていたころ、榎本兵庫が来宅し本多佐渡守正信から屋敷に召し出された。正信は幕府のある構想をうち明け、按針の意向を質《ただ》した。

「公儀では、このほど新たに天文方をもうけることとあいなった。ついては、その役頭にそちを推したいと思うが、存念はいかに」

「天文方とは、どのようなものでございましょうか」

「天文、暦術（陰暦）、測量、それに地誌の編纂《へんさん》、洋書の翻訳などをつかさどる部所で、そちにうってつけの役と思うが」

「……」

「これまでとは違い、常勤の職で相応の俸禄も出る」

無言のままの按針に、正信は待遇を持ちだした。

按針は、最初に外洋船を建造してから、幕府の了解を得てその船を使い、暇をみては江戸湾や幕府直轄地沿岸を測量し、海図を作っていた。こうした按針のたゆまぬ努力や、西洋の学識を評価してのことなのだ。

このころ、日本領土の端々や付属する島々、それに北方の蝦夷《えぞ》地（北海道）の調査など、まだ手付かずの状態であった。秀忠が将軍となってから、家康のころからすると按針は召し出される機会もとみに減っている。そうした中での、あらたな常勤職の提案であった。

按針はまさに自分に適した職であると、示された天文方に魅力を感じた。だがすでに旗本の身分を捨てることを決意し、そのことをお雪への求婚のとき馬込家にも伝えている。いまこそ、お役御免を願いでる潮どき――と按針は即座に思った。

「畏《おそ》れながら申しあげます。身にあまるおはなしとは存じますが、大御所様にご相談申しあげたいこともございます。返答は、しばらくのあいだお待ちいただきとう存じます」

「あいわかった」

大御所様への相談とは、按針の一身上にかかわる大事であろう――と忖度《そんたく》した正信は、猶予を与えた。

翌日、按針は東海道を駿府城に向かった。


按針は駿府城で家康に拝謁を願い出た。数か月前イギリスの使節団を案内して以来で、家康は機嫌好くすぐに拝謁を許した。下座には、本多正信の嫡男正純が侍《はべ》っている。按針は丁重にあいさつしてから、来意を申し出た。

「拙者このたび、この国に末永く留まる決意をいたし、妻も迎えましてございます」

「そうか、この国に留まる決心をしたか。それに奥をのう。それはめでたい」

家康は頬をゆるめ、心の底から按針の結婚と永住の決意を喜んだ。

「ならば、余からもなんぞ引き出物を下さねばのう」

「また先日は、佐渡守（本多正信）様より、あらたに天文方の役につくように、との仰せもございました」

「……」

家康はそのことを知ってかどうか、無言で肯いた。

「せっかくのおはなしではございますが、この折にお暇《いとま》を賜わりたく、お願いに参上いたしました」

「なに、暇とな。天文方は性にあわぬと申すか」

皺が目立つようになった家康の表情から、柔和さが消えた。

「そうではございません」

按針は、頭《かぶり》を振った。

「肥前の平戸に新たにできる本国の商館に望まれ、そこに身をおき、本国のために働きとう存じます」

「……」

家康は、小さく肯きながら聞いている。

「旗本の身分のままでは障《さわ》りがあろうかと存じ、そのためにお暇を賜わりたく、お願いを申しあげます」

家康は、一瞬表情を曇らせてから質した。

「そちがこの国に来て、いく年になるか」

「十三年にございます。旗本にお取り立ていただきましてから、ちょうど十年にございます」

家康は「そうか」と呟き、腕を組み瞑目してしばらく考えていた。やがて腕組みを解くと柔和な表情に戻り、口を開いた。

「そちは、これまで余のため、また公儀のためおおいに尽くしてくれた。ここでそちの願いを聞き入れずば、それは公平とはいえぬのう」

按針は恐縮して「はっ」と平伏した。

「この国で本国のために働きたいと申すのなら、是非もない。十年を節目に、望みどおり暇をとらそう」

願いが叶い、按針はふたたび「はっ」と平伏した。

「だが……」

そういって家康が間をおいたとき、なにか条件が出されるのでは――と、平伏した背筋に緊張がはしり、按針は呼吸を止めた。

「そちがこの国に留まるならば、この後もなにかと知恵を借りることもあろう」

按針は平伏したまま、あり得ることと肯いた。

「面《おもて》を上げよ」

按針は命じられたとおり心持ち顔を上げ、上目づかいに家康を見た。

「よいか、しかと聞け」

家康は、下座脇の本多正純にも言い聞かせるように、声を一段大きくして告げた。

「暇となれば、知行は召し上げる。が、こののち旗本の身分と日本名を名のることは、そちの勝手でよい。いまの屋敷は、そちのものとせよ。もし仮に旗本に復したいときは、その旨を願い出よ」

思いもしなかった家康のことばに、按針は恐縮して三度《たび》ふたたび「はっ」と平伏した。暇乞いを許されたばかりか、温情ある計らいをしてくれたのだ。それは、これからこの国で自由に生きようとする按針にとって、またとない餞別であった。

ことに、引き続く旗本の身分名乗りは、国内での自由な行動と身の安全のために、これにまさる保障はない。家康はそこまで配慮してくれたのだ。もとより、按針にそれを濫《らん》用するつもりはないが、胸の奥から熱いものが込み上げてきた。

「ありがたく存じまする。これまで大御所様に賜わりましたご恩の数々は、生涯忘れることはございません。大御所様も、いつまでもお健やかであられまするように……」

そう最後のあいさつをし、長いあいだ平伏した。
これまで按針は、家康に複雑な思いを抱いてきた。
―日本初の外洋帆船建造を命じられ、苦労のすえに造りあげたこと
―ヨーステンとともに帰国を許されず、長年にわたって日本に留め置かれたこと
―旗本に登用され、領主の栄誉を与えられ夢のような十年を過ごしたこと
―日本と本国とのはざまで、心が苛《さいな》まれてきたこと、などなど。
そうした胸に痞《つか》えていたわだかまりが、このときの温情によって一挙に消え去った。
その安堵感と解放感は、わがままを許してくれ、しかも温情ある計らいをしてくれた家康への感謝の念へと変わり、目頭が熱くなった。
家康は座したままで、退出しようとしない。主君より先に退出する無礼は許されない。だが家康は、別れを惜しむかのように座したまま動かない。按針は半ば顔を上げ、脇に侍る本多正純の表情をうかがった。
正純は、このさい無礼もやむを得まい――という表情で小さく肯き、按針の退出を促した。按針は深く一礼してから目を潤ませつつ立ち上がり、腰を沈めたまましずしずと後すざりで退出した。

家康は愛おしむ眼差しで、その場から按針を見送った。

按針が江戸へ戻ってから四日後、榎本兵庫が来宅して、本多正信の屋敷へ召し出された。

「大御所様より上様へ書状がまいり、そちの望みどおり暇をとらすこととあいなった。こんご旗本の身分と三浦按針を名のることは、そちの良きようにとのことである。この後も屋敷はそちのものとされた」

正信は沈んだ声で、淡々と将軍秀忠の裁可を伝えた。

「拙者のわがままをお聞き届け下さり、そのうえに数々のご配慮を賜り、ありがたく存じまする」

按針は深々と一礼してから、用意していた逸見の所領をしめす給地朱印状と、家康から下賜された刀袋の二刀を返上し、ふたたび丁重に礼を述べた。

「大御所様と上様、それに佐渡守様からこれまで賜りましたご恩の数々は、生涯忘れることはございません」

「そちは、これまでながいあいだ大御所様や公儀のために尽くしてくれた。異国人の身で、そちの苦労は並たいていのことではなかったろう。心より労らおうぞ」

皺老けた正信の目が潤んでいる。その正信が、二刀を按針に押し戻した。

「これは、大御所様からそちが賜わった差料じゃ。返すにおよばず」

このとき按針は、潰《つい》えかかったひとつの夢が、ふたたび蘇えったような安堵感をおぼえた。自分の運命を左右する重大な決断をし、その結果士《さむらい》でなくなることには、いささかの未練もない。

だが、これまで「刀は武士の魂」とされるその真理を極めたい――そう念じてきたことはいまだ理解及ばず、心残りに思っていた。だが二刀を返されたことで、その縁《えにし》がつなぎとめられた気がしたのだ。按針は士でなくなっても、その精神へのこだわりと日本刀への愛着は強いものがあった。

数日後、按針は領地だった逸見《へみ》村に赴き、庄屋宅に集まってくれた百姓たちに別れのあいさつをした。

「このたび、わたしのわがままから上様にお暇をいただいた。わたしの本国では、そなたたちと同じような身分だったが、この十年間は『お殿様』と呼ばれ、夢のようなときを過ごすことができた。みんなに心から礼をいいたい。

わたしはもう領主ではなくなるが、みんなはこれからも家族や仲間を大事にして、もっともっと幸せになることを願っている」

そうあいさつをすると、庄屋が訊いた。

「お殿様は、お国へお帰りになるのですか」

「そうではない。これからは、肥前国の平戸というところで、本国のために働くことになる」

「それでは、お殿様がもし江戸においでになられたときは、ぜひこの逸見村まで足をのばしてくださいまし。みんなお待ち申しております」

「ここの屋敷も残しておく。ぜひ、そうしよう」

「年貢のことや、祭りのたびごとに一緒に楽しんでくださったお殿様のことは、みんな忘れることはございません。寂しくなりますが、お殿様もお身体をお労りになってください」

村の百姓衆は、総出で村のはずれまで見送ってくれ、按針との別れを惜しんだ。

こうして、逸見村は幕府御料に戻った。だが、年貢が五分に戻ることはなかった。そのため、年貢四分の特例は按針の功績として残り、村人の彼にたいする感謝の念は末代まで続いた。

心の港

ウイリアムが旗本を辞め航海者に戻ると決めてから、孫市にそのことを告げた。

「とつぜんの話しで悪いが、わたしはこれから旗本をやめ、船長になって肥前の平戸で本国商館のために働くことになる。孫市にはこれまでさんざん世話をかけたが、これからは好きなようにしていいぞ」

「……」

孫市には唐突な話しで、とまどいを隠せない。

「お前はどうするんだ」

気をとりなおした孫市が、甚九郎に訊いた。

「義兄上と姉上について平戸に行く」

「孫市にはとつぜんの話しだから、返事はいまでなくてもいいのだぞ」

「じつは、わたしからもお殿様にお話しがあります」

孫市は自分の縁談が進んでおり、相手は実家の札差屋富重屋の大番頭のひとり娘で、婿《むこ》入りの話しが進んでいるという。

「それはめでたいことだ。ぜひそうしたほうがいい」

「それはいいのですが、婿入りといっても家業を継ぐわけでもありません。これまでのようにしていたいと思っておりました」

「それは、わたしのわがままで悪いことをしたな」

「お殿様から、まだまだ多くのことも教わりたいし、それにいままで江戸から出たことがありません。甚九郎と一緒に平戸にも行きたいし、大いに迷います」

学問に熱心な孫市は、按針の家来になってから新たな西洋の知識や英語と蘭語も教わり、按針のことを師匠としても仰いでいた。

ウイリアムにしても、これから江戸にだれか伝手《つて》が要る。異国への航海や交易は、毎年公儀の朱印状を得なければならない。そのため、これからも幕府役人との交渉や、江戸の商人との連絡《つなぎ》は欠かせない。

「では、もしお前さえよかったら、こうしよう」

そういってウイリアムは、いままで江戸を出たことがない孫市に提案した。

「一度西のはての平戸まで連れて行こう。そのあと、江戸で屋敷を守り、平戸とのつなぎ役もしてくれるなら助かるが。もちろん、相応の手当は出そう」

一度平戸まで連れて行くのは、これからウイリアムが活動の場に選んだ場所を知ってもらうためだ。孫市はしばらく考えていたが、やがて納得した。

「はい、それで結構です」

こうして孫市は、これから養子に入り寺子屋師匠の手伝いに戻って、江戸の屋敷も守りながらウイリアムと江戸とのつなぎ役も兼ねることとなった。


ウイリアムは甚九郎を連れ、御家人の耶楊子を屋敷に訪ねた。そこには耶楊子と通いの使用人老夫婦のほかはだれもおらず、部屋も男やもめらしく雑然としている。

彼は、以前ウイリアムに「一緒になりたい人がいて、求婚した」と打ち明け、その結果は報せると言った。だが、これまでその報せがなかったところを見ると、求婚は不調に終わったのだ。ウイリアムはあえてそのことには触れず、旗本を辞した経緯《いきさつ》と、平戸へ移住して本国商館のために働くことを伝えた。

それを聞いて耶楊子は、信じられないという表情になった。切米五十石の御家人耶楊子でさえ、庶民からは羨まれる。それが旗本の身分なら他人からどれほど羨望の目で見られているか、彼には身に染みて分かっている。

「ほんとうに、旗本を辞めたのかい」

「もちろん、ほんとうだよ」

まだ信じがたい表情の耶楊子は、嘆息まじりに言った。

「そうか。旗本を捨てて、船乗りに戻って本国のために働くのか……」

「これからのことに多少の不安もあるが、じぶんで選んだ道が一番いいことだと信じてがんばるよ」

「わたしも、この国にとどまる気持ちに変わりはない。でもいまは退屈でしょうがないよ」

愚痴りながらも、旧友を励ました。

「君が船乗りに戻って、活躍することを願っているよ」

「江戸に来たときには、かならず会いにくるから」

ウイリアムはそう約束し、江戸の屋敷に孫市を残すので、なにかあるときには連絡をとるよう伝えた。

その年（一六一三）の九月に、ウイリアムたちは江戸を発ち、東海道を西上した。一行は、お雪と甚九郎、孫市、それに荷物を運ぶ下男の吾助、あわせて五人である。

ウイリアムの身形は洋服姿に戻り、甚九郎も二刀は帯びず、右手にいつもの棒を携えている。士ではなくなった主従だが、士の精神《こころ》は持ち続けたい——という共通の想いがある。そのため、ともに刀は大事にしまっている。

ウイリアムは、長旅をしたことのない新妻を気づかい、道中はできるだけ馬や辻駕籠に乗せた。

旅は天候に恵まれ、一行は雨に足止めをされることもなく順調に進んだ。相模の国との境に横たわる道中最大の難所箱根峠に至ったとき、按針は山駕籠を雇いお雪を乗せた。箱根の宿を越え駿河国の原宿《はらのしゅく》まで来たとき、一行は頂上付近に雪を冠した富士の山を間近に仰ぎ見た。

霊峰と仰がれる富士の山は江戸の町からでも遠目に見え、ここにいたるまでも随所で見えた。だが、この原宿から眺めると、裾野から頂上までその雄大さと優美さは神々しいほどである。下男の吾助は、感きわまったように手を合わせ拝んでいる。

ウイリアムは、江戸以外でこれまでなんどもこの名峰を見てきた。領地のある三浦半島からは相模湾越しに見え、海上から遠く眺めたことも多い。いつの季節も、その優美さはなにものにも代えがたいが、感動する新妻お雪とともに仰ぎ見る富士の山は、また格別な趣きがある。

江戸を発ってから十五日目、伊勢国（三重県）の四日市宿まで来た一行は、東海道を反《そ》れ南へ伊勢街道に入った。出立前に、この旅でお雪が唯一希んでいた伊勢神宮参詣のためである。

このころから〝お伊勢詣り〟と〝富士詣《もうで》〟は、江戸庶民にとって一世一代夢の観光旅行であった。富士詣は叶わなかったが、御山を近くで仰ぎ見たことと合わせ、夢が二つとも叶ったように、楽しみにしていたお雪だけでなく甚九郎や孫市、それに下男の吾助も喜び、大いにウイリアムに感謝した。

その後一行は、京、大坂を経て堺から海路をとり、瀬戸内海、博多を経て平戸島に着いた。お雪や孫市にとっては、初めての船旅であった。ウイリアムと甚九郎には、四度目の平戸である。

ウイリアムはお雪たちを宿に残し、甚九郎と孫市をともない、開設されたばかりのイギリス商館を訪ねた。新しい商館は湊のもっとも奥にあたる海岸にあり、平戸の明国人商人の頭、季旦《りたん》屋敷の離れ家を借りている。四年前に開設したオランダ商館とは、城下町のなかで南北対照的な位置にあたる。

商館長のコックスは、日本の国情に明るく幕府要人との人脈も持つ同胞のアダムスに、協力してくれるよう頼んでいた。だが、はたして旗本の彼が応じてくれるだろうかと気を揉んでいた。

そのアダムスが、旗本の身分を捨ててまで来てくれたのだ。コックスの喜びようは尋常ではなかった。抱擁し合っても、アダムスをなかなか放そうとはしない。

「君が来てくれて、なによりもこころ強い」

「この平戸に、骨を埋める覚悟できたよ」

「そうかい。ありがとう。これでライバルのオランダ商館との競争にも、間もなく追いつけるだろう」

そう言って、満面の笑みで喜んだ。

ウイリアムは、つぎにオランダ商館を訪ねた。館長のスペックスは初め不意の訪問に驚いたが、やがてにこやかな笑顔で迎えた。ウイリアムは、本国の商館に勤務するため旗本を辞し、平戸に来たことを告げた。

「ついに、そのときがきたか」

スペックスはそう言いながら、協力者からライバルへと転身するウイリアムの肩を叩き、握手を求めた。

「これからも、おたがいに協力し合えることは協力し合っていこう」

ウイリアムは手を強く握り返した。

この両商館を訪問したとき、ウイリアムにとって嬉しいできごとがあった。商館長のコックスやスペックスと会っているとき、孫市がすすんで商館員に何ごとかを話しかけていたのだ。甚九郎も孫市に促がされ、二人で商館員と談笑していた。

オランダ商館を出るとき、ウイリアムは孫市たちに問いかけた。

「お前たちは、彼らとどんな話をしたんだ」

「大したことではありませんが、話しはよく通じました」

孫市がそう答え、ふたりの若者は顔を見合わせて笑い合った。ウイリアムは、これまで二人に英語と蘭語を教えてきたことが無駄ではなかったと思い、二人の若者がこれまで以上に頼もしく思えた。


その後、ウイリアムは平戸の藩庁を訪れた。以前平戸にいたとき日之岳城が消失したため、このときの藩庁は鏡川町の「御館《おたち》」と呼ばれる屋敷で、現在松浦史料博物館の位置する場所である。

藩主の隆信は江戸参勤のため不在で、隆信の祖父鎮信《しげのぶ》や家老の佐川主馬助らにあいさつし、旗本の身分を辞したことや、航海者として平戸に骨を埋める覚悟で来たことを告げた。鎮信も佐川も、ウイリアムが旗本の身分を捨てたことに驚きを隠さなかったが、平戸に定住すると聞いて大いに喜んだ。

「それは願ってもないこと。この後とも、弊藩のためにぜひとも合力を願いたい」

一昨年、幕府は、諸大名にたいして〈切支丹禁教令〉を発している。かつてポルトガルとの貿易を通じて多くのキリスト教信者がいる外様の平戸藩は、その布令で幕府に最大の弱点を突かれたような衝撃を受けた。

さっそく領民に密告を奨励し、見つけた信者は領外追放や火あぶりの刑にするなど、過酷な弾圧をしている。だが、表面上のみ改宗を装っている者も多く、藩は潜在する信者の対策に手を焼いていた。そのため鎮信と佐川は、幕府と良好な関係にあるウイリアムに、とりなし役も期待したのだ。


ウイリアムにとって、家老の佐川はなにかと相談しやすく、気のおけない漢である。以前、川内の湊を検分するときも相談に乗ってくれた。そこで佐川に訊ねた。

「この平戸島で、島全体や周りが見渡せる見晴らしのいい場所はないだろうか」

「それは、安満岳《やすまん》か川内峠のどちらかでしょう。ここから近い川内峠のほうをお薦めします」

その川内峠は、島北部の中ほどにある。標高（二百七十六メートル）はさして高くはないが、眺望にすぐれた高原である。

「この島や周りのことを知るには、そこに登って見渡すのが一番だろうから」

「そのとおりです。そのときは申しつけてくだされ。里村に案内させましょう」

里村とは、以前旗本の按針を川内の湊に案内してくれた藩士である。天候を見はからった二日後、ウイリアム、お雪、甚九郎、孫市の四人は、川内峠に登った。藩士の里村が案内についてくれた。途中に険しい登り坂もあると聞いていたウイリアムは、お雪のため山駕籠を一丁雇った。

一行は、山道を一刻（二時間）ほどかけてゆっくりと峠の麓まで登った。ウイリアムはお雪に最後は歩いて登るよう勧め、お雪はそこで駕籠を降りた。そのほうがより感動すると思ったからだ。

一行は頂上まで一町（百メートル）あまりの急坂の野原道を、背丈ほども伸び茂る綿毛の着きだしたススキを掻き分けながら登った。ウイリアムがお雪の手を引き、甚九郎が横から姉の背中を押した。

頂上に登り着いたとたん、とつぜんにまわりの眺望が開け、みんな思わずいっせいに「おーっ」と感嘆の声を上げた。

うっすら汗ばんだ頬を、秋の風が爽やかに撫でてゆく。空気が澄み切って、北の方角は水平線の彼方まで見渡せる。みんなはしばらく思い思いの方向を見やり、遠望の見事な景色を楽しんでいる。

やがて案内の里村が、東西南北それぞれの方向を指して説明した。
東は—狭い海峡を隔てた先の、平戸藩本土領地の山々がさざ波のように続く
南には—小島の点在する海を隔てた彼方に本土の領地が
西には—隣接する生月島が平戸島の一部のように重なって見える
北には—平戸の町の先に的山《あづち》大島と、遙か彼方に壱岐の島影が霞む
見渡すかぎり、そこはすべて平戸藩の領内なのである。そうしたすぐれて雄大な眺望は、これまで江戸の町に住み、雑踏の中で日々暮らしていたみんなが、日常の世事から心身が解放され、浮世離れした心持ちになった。
ウイリアムと並んで北の方を見ていたお雪が、
「旦那様、あそこを」
そういってウイリアムの手を引き、眼下を指さした。その方向を見ると、川内峠の裾まで大きく切れ込んだ湾がある。その左手に突き出た岬の中ほどに、小ぶりだが秀麗な山が鎮座している。
「かわいい。まるで、小さな富士のお山のよう」
お雪のそのことばを聞いて、そばから里村が

「あれが古江湾で、左の小さな山は〝小富士〟と呼ばれております」

説明するのにうなずきながら、感激の面持ちで言った。

「旦那様、ここはとても見晴らしがよくて、もったいないくらいです」

「ああ、これが西の果ての平戸島だよ」

ウイリアムは、疲れも忘れて景色に見とれているお雪を見て、一緒に登って良かったと思った。そばでは、孫市と甚九郎が掛け合いをやっている。

「こうした眺めを見ると、ふだんどれだけ狭いところであくせく暮らしているか、よくわかるよ」

「ああ、命の洗濯とは、こういうことだな」

「もう、江戸には戻りたくないよ」

「冗談だろう。江戸では許婚《いいなずけ》の娘さんが、今かいまかとお前の帰りを待っているだろうが」

「ああ、つい忘れるところだったよ」

「いまからそれでは、先が思いやられるぞ」

そうした軽口を叩き合うやり取りを耳にしながら、按針は南西の方角を指し、お雪に告げた。
「この先はるか彼方の南や西の海が、これからわたしの舞台になるのさ」
ウイリアムは、そこからは見えない海を隔てた遠い先に思いを馳せ
—南西の〝南蛮〟と呼ばれる国々
—西の明国
それらの異国から、手招きをされているような気になっていた。
孫市は平戸に十日間ほど滞在し、平戸の町や再度イギリス商館とオランダ商館を見学したのちに、吾作とともに江戸へ戻った。

イギリス商館

その年（一六一三）の十一月二十四日、ウイリアムはセーリス司令官立会いのもとで、イギリス商館勤務の約定書に署名した。

待遇は、ほかの商館員が年俸四十ポンドというなか、ウイリアムのそれは館長と同額

の一〇〇ポンドである。オランダ商館の顧問料月額十五ポンドからすれば、年額で半分に近いが、それでも日本の銀四貫目に相当する好待遇といえる。

その年俸を決めるにあたって、イギリス東インド会社の重役でもあるセーリス司令官から、ウイリアムは意外なことを告げられた。

「会社は本国の君の家族に頼まれて、二十ポンドの貸し付けがある。その金は君の年俸から差し引くことになる」

借りた金は、利息をつけて返すのは当然のことだ。それより
――本国の家族は健在だが、当然ながら借金しなければならないほど、生活には困っているようだ――

そういう家族の情報に初めて接した。クローブ号が来航してから、すでに五か月以上も経つというのに。仮に「君が訊かなかったから、家族のことはこれまで報せなかった」そう言われればそれまでなのだが――。ウイリアムは釈然としない。

なんともいけ好かない司令官だが、商館勤務となったいまは会社の重役であり、本国に残した家族が会社の世話になっている――という負い目もある。そうした立場から、彼に反抗などはできない。ウイリアムは了解した。

「本国の家族の借金のことは、これから先のことも含めて、わたしの年俸から返済することに同意します」

司令官は、ウイリアムのために会社の宿舎を用意するよう、コックス商館長に指示した。だがウイリアムは、それを丁重に断った。もうこれ以上、司令官の世話にはなりたくなかった。

その夜ウイリアムは、本国で暮らす家族のことを思い、みんなの無事と神への感謝の祈りを捧げた。

間もなく、クローブ号は使節団を乗せ本国へ帰航することになっている。この機会に、ウイリアムは三度目の手紙を書き、使節団に託した。

帰航の途中立ち寄るジャワ島（当時の地名・バンタム）にある、広大な本国東インド会社の基地に在住する、アウグスティン・スポルディンに宛てたものである。

さきに平戸に入港した、小型のオランダ船によってもたらされた手紙にたいする返書で、内容の要旨は、つぎのように日本との交易上重要なことを助言した。

――わが国の主要な産物の毛織物は、以前は非常な高値で取り引きされていたが、現在ではメキシコとオランダの船で毛織物が多く入っており、日本ではとても安値で売られていること。その他の交易品について、品目ごとの利益の多寡や有利性について細々《こまごま》と記した。

日本におけるヨーロッパの交易相手国は、ウイリアム自身が幕府に働きかけたことで変わってきた。これまでのスペインやポルトガルに代わり、これからはオランダやイギリスが主力になるので、日本のあらゆる場所で〈あんじんサマ〉の名前を活用するように——。

そのほか、日本人の宗教に対する考え方や幕府による統治の方法、生活の習慣などについて、交易に役立つよう細部にわたって助言した。

ウイリアムが本国の商館勤務を正式に決めてから十日後、クローブ号が本国へ向け平戸を出港した。帰国するセーリス司令官は、将軍徳川秀忠の国王への返書とともに、平戸藩主松浦隆信から国王への親書も携えている。ウイリアムはコックスやほかの商館員とともに、湊からクローブ号が見えなくなるまで見送った。

リーフデ号で日本に漂着してからというもの、本国への帰還はウイリアムの切なる願いだった。これまで帰国を引き止めてきた徳川家康からも解放された。いまはお雪を妻に迎え、日本に永住する決心をしている。

これまで漂流を続けていたウイリアムの心情に、これから活躍の場となる平戸という港を得た。その平戸でお雪と営む家庭は、心のアンカーとなる。

クローブ号の来航以来、ウイリアムの心に突き刺さった棘《とげ》のようだったセーリス司令官は、いま本国へと船出した。その船を見送りながら、ウイリアムは本国へ望郷の念はあっても、帰郷の思いが募ることはなかった。

平戸に腰を落ち着けるため、ウイリアムは城代家老の佐川に新たな住居探しを頼んだ。数日後、佐川は藩の船手奉行木田弥次右衛門が別邸として使っていた屋敷を紹介してくれた。それは城下の町なかにあり、大きな屋敷で甚九郎も同居できる。

家主となる弥次右衛門は、有力藩士でありながら商人も兼ねている。平戸藩には家老の佐川自身をはじめ、藩士でありながら異国と交易をしている者もあれば、商人のまま藩士に取り立てられた者もいる。それらは、藩へ応分の冥加金（税）を納めることで認められる。

ウイリアムはお雪と話し合い、弥次右衛門の内儀《おかみ》に紹介してもらって、通いの下男夫婦と女中を雇い入れた。こうしてウイリアムは、新たな仕事に就き平戸の町に住まいを構えたことで、航海者として再出発する準備を整えた。

このときのイギリス商館勤務者は、ウイリアムのほかつぎの六名である。

リチャード・コックス館長

館長補佐のウイリアム・イートン

以下、商館員のジョー・オースタウイック、リチャード・キング、アブラム・スマート、トーマス・バウプ。このほかにも、臨時に南蛮から通詞役を雇うことがある。

コックス館長の話しでは、商館の目的は本国と日本との交易だけではなく、東南アジアや明国との交易ルートの開発もあるという。そうであれば、新たに外洋船を購入して乗組員の訓練もしなければ、ライバルのオランダ商館に対抗することなどできない。

先行する彼らは、すでに東南アジアや明国とも交易を始めている。その準備についてコックス館長に問うたところ、まだなにも手を付けていないという。

「この国の事情に明るい君が来てくれてからの方が、いいと思ったからさ」

コックスはそう釈明した。自分がもし旗本を辞めてこなかったら、どうするつもりだったのだと反問したかったが、思い止まった。期待されて悪い気はしない。そこでさっそく、コックスに外洋船の購入を提案した。

「とうぜん必要だ。それと船員のことは、君にまかせるよ」

コックスが了解したので、さっそく商館の家主季旦に頼んで明国人商人から船を購入した。中古の外洋船で大きさは二百トン。三本マストのジャンク船である。

この船を川内の湊で修繕・改良した。改良したのは、三本マストに一枚ずつであった帆を二枚ずつに代えた。洋式帆船のように、風受け効率を高めるためである。船名を〈シー・アドベンチャー号〉と名付け、ウイリアムが船長となった。

ジャンク船は、洋式帆船とは船型が異なるように、操船方法もかなり違う。ウイリアムは、前の明国人船長から船の特徴を聞き、操船の手ほどきを受けた。

いっぽうで、藩の家老佐川に船員を募ることに力を貸してくれるよう頼んだ。

「アダムス殿の頼みは叶えてさし上げるように、わが殿より申しつかっております」

佐川はそういって快く引き受け、藩の高札で周知してくれた。そのおかげで、間もなく応募者が三十五人も商館に押しかけた。多くは藩士の子弟で、三十歳前後の次男三男が二十五人。

武家で家督を継ぐのは、嫡男だけである。あとの男子はほかの武家の養子に入るか、生涯妻も娶《めと》らず「部屋住み」と呼ばれる肩身の狭い〝冷や飯食い〟の身で過ごすことになる。それもいやなら、町人、百姓になるしかないのだ。

一見して荒《すさ》んだ風貌の若者が五人おり、そのうちの一人はウイリアムにも見覚えがあった。三年まえ平戸に来たとき、千里ヶ浜で助けた薄香《うすか》の権三である。ほかの四人は、二十半ばの漁師くずれで、権三の子分だという。彼らは高札の字は読めないが、藩士の里村が声を掛けた。

「恩人のアダムス様に鍛えてもろうて、このさいまともな人間になれ」

そう諭《さと》され、子分を引きつれて来たという。その権三が売り込んだ。

「オイは、命の恩人船長様のためなら、命は惜しゅうござっせん」

そのほかは漁師が五人である。それぞれが様々な事情で、新たな冒険に挑戦しようとしている若者たちだった。

ウイリアムは、アドベンチャー号での航海訓練で、三十五人を篩《ふるい》にかけることにした。城下にある民家二戸を商館が借り、訓練にそなえ甚九郎を加えた三十六人を合宿させた。訓練を指導するのは、明国人のまえの船長とウイリアムである。

それから三カ月間、平戸の沖で航海訓練を続けた。はじめ武家出の全員が船酔いに苦しんだが、それも慣れることでしだいに克服できた。長期の外洋航海は、いつ時化《しけ》に遭遇するかわからない。過酷な状況のもとでこそ、船乗りの資質が問われる。そのため少々海が時化ていても、沖に出て訓練を続けた。

ウイリアムがもっとも心配していた権三たちの仲間は、時化のなかの訓練でも音《ね》を上げることはなかった。漁師だった者たちは、天候の読みにも長けている。ほかの者たちも目立って不適な者は見当らず、三カ月の訓練で全員を採用することにした。

それが一段落したところで、ウイリアムは船員集めに協力してくれた佐川を労うため、町はずれの料理屋で一席を設けた。

「佐川殿のおかげで、見込みのある若者が多く集まり、助かりました」

「いいえ、お礼を申すのは、じつはこちらの方なのです」

どうして―と訝るウイリアムに、佐川は笑みを浮かべながら言う。

「藩で穀潰《ごくつぶ》しの若者たちが、船乗りという生業《なりわい》に就こうと精を出しているのですから。助かったのは、むしろこちらの方です」

「穀潰しとは、食べるだけでふだんは役に立たない者のことをいいます」

甚九郎が、横から助け船を出した。

「なるほど。そうともいえるのか」

ウイリアムは、訓練をとおして気に掛っていたことを訊いた。

「この平戸は、なにか特別なことがあるのだろうか」

「特別な、と申しますと」

「島だからとうぜんでもあろうが、船乗りに向いた者たちが多いような気がするが」

「そういえば、思い当たることがあります」

佐川は事情を語った。

九州を中心に、古くから朝鮮や明国まで四丁櫓など手漕ぎの舟で遠征していた歴史がある。中でも平戸はその中心地で、海の向こうから彼らは「倭寇」と呼ばれ恐れられていた。そうした先人倭寇たちの海にたいする熱い血が、いまの若者たちにも受け継がれているのではないか―という。

「なるほど」

「藩の古老たちからは『戦乱の世でも、その後の朝鮮ノ陣のときも、平戸の水軍はめっぽう強かった』と、酒が入るたびに聞かされおります」

朝鮮ノ陣とは、秀吉の朝鮮征伐を指す。

ウイリアムは佐川の話しを聞いて、若いころ本国で聞いたある話しを思い出した。

倭寇というのは、まるで十世紀ごろヨーロッパの各地を侵攻して回ったという、北ゲルマン族の〝バイキング〟のようではないか——。そうした勇敢な若者のいる平戸をこれからの舞台に選んで、ウイリアムは幸運に思った。

二度目の刺客

その夜、佐川と料理屋で別れてから、ウイリアムと甚九郎は人通りのない夜道を家路についた。

江戸から平戸に移り、クローブ号が本国へ向けて帰航してセーリス司令官はいなくなり、いまウイリアムの仕事はすべて順調に進んでいる。コックスからは重用され、任された船も購入して改造し、船員の見習いも集まりその訓練も一応終えた。藩主をはじめ家老の佐川もよく協力してくれ、まさに順風満帆である。

そうした中で、この夜の酔いは格別に心地好かった。外は満月で、それを遮る雲もない。ウイリアムのいまの心情を表すように、月明りがあたりを煌々《こうこう》と照らしている。

料理屋を出てしばらくしてから、樹木の生い茂った暗がりまで来たとき、不意に闇の中から男の声がした。

「三浦按針か」

とっさに甚九郎が誰何《すいか》した。

「誰だ」

甚九郎も酒はいけるほうだが、以前刺客に遭ったこともあり、ウイリアムに随行するときは飲まない。いつもの棒を握りなおして身構えた。気がつくともう一人男がいて、ウイリアムと甚九郎は二人に前後を塞がれている。

「ついて来い」

声をかけた男が、ドスの利いた声で促がした。ふたりがその男たちについて行くと、すぐに道を左に逸れ、暗い中しばらく石段を登って広場のような場所に出た。そこは周囲の樹木がとぎれ月明りが一帯に射し込んでおり、神社の境内であった。

月明りに照らされた賊はともに牢人風体の士で、手甲、脚絆を着け網代笠《あじろ》を手にした旅姿である。ウイリアムは、どこからか送られてきた刺客だと直感した。とたんに酔いは覚《さ》め、両脇に脂汗が滲《にじ》むのを覚えた。

「三浦按針だな」

賊が前方の左右に立ち、左側の男が念を押した。

「そうだとしたら、どうする」

甚九郎がウイリアムを背にかばい、落ち着いた声で返した。

「気の毒だが、死んでもらう」

二人の賊の刀は、まだ鞘に収まっている。

「お前たちは何者だ。誰に頼まれた」

ウイリアムが甚九郎の背後から訊いた。

「どうせ死ぬのだ。知らんでもよかろう」

「お前たち名のりもせず、刀を持たない相手を闇討ちとは、武士とはいえまい」

ウイリアムに痛いところを突かれた賊は、ひと言だけ返した。

「問答無用！」

そう言って左の男が笠を投げ捨て羽織を脱ぎ、右の男がそれに倣った。襷《たすき》掛けの賊はともに抜刀した。このとき右利きの甚九郎が、なぜか左腰に棒を構え、二人の賊を見据えたまま、臆することなく背後のウイリアムにひと言告げた。

「お任せを」

もとより、ウイリアムは甚九郎の腕前を信じている。以前刺客に襲われたとき、苦もなく撃退した。だが、今度は二人の武士が相手なのだ。今度ばかりは――と、ウイリアムは最悪のことも覚悟した。すばやく胸で十字を切り、上ってきた石段のそばまで下がった。

甚九郎は賊が二人と分かったときから、冷静に相手の力量を推し測っていた。二人のうち、左側のことばや動きで主導している奴の方が、腕が立つに違いない。左を先に倒す――。そう考えながら、ウイリアムが賊に話しかけているあいだに、相手との間合いをしっかり読んでいた。だが、甚九郎はなぜか右の男に向き合い、先に仕掛けた。

男に向って鋭く踏み込み、喉をめがけて両手で棒を突き出した。男はすばやく二、三歩下がって避《よ》けた。が、それはわざと隙をつくり左の男の攻撃を誘う見せかけだった。

つぎの瞬間、左に跳び棒の先で男の左顔面を払った。その誘いに乗り右の男を攻めたのを隙とみて、左の男が斬り込んで来たのと同時だった。

互いに打ち合った棒と刀は刹那交差し、刀が棒に喰い込んだ。だが、流れるような甚九郎の動きは止まらない。甚九郎はすかさず身を沈めその刀を外すと、つぎの瞬間、勢いあまって前のめりになった男の左脛を払い、返す棒で前かがみになった男の右脛も払った。たまらず前に崩れ両膝を地面に着いた男の右手を、骨をも砕くように上から打って刀を叩き落とした。

それは、一呼吸ほどのあいだのできごとだった。

甚九郎は残った右の男を見据えたまま動きを止め、仁王立ちになった。残る男は、あまりにも鮮やかな甚九郎の手並みに臆してか、正眼に構えているが斬り込んでこない。

甚九郎が今度は棒を右腰に構え、おもむろに右の男と対峙した。

正眼に構えた相手の腰が引けている——と見た甚九郎は、喉を突くと見せかけ、それを避けようと刀で払い腰が伸びきったところに踏み込んで、鳩尾《みぞおち》を
「えーいっ」

と気合もろとも突いた。男は悲鳴も上げず身体をくの字に曲げ、悶絶して倒れた。

二人の賊を相手に、ウイリアムが思った以上に鮮やかな甚九郎の手並みだった。

平静に戻ったウイリアムは、両膝を着いたまま右手を胸に抱え込み低い呻《うめ》き声を上げている男に訊いた。

「誰に頼まれた」

「……」

「言っておくが、わたしはもう旗本ではない。他人《ひと》に恨まれるおぼえもない」

「義兄上、こいつらをどうしましょう」

呼吸を鎮めてから訊いた甚九郎に、ウイリアムはうずくまる賊にも聞こえるように答えた。

「放っておくさ。もう懲《こ》りたろう」

暗い石段を下りながら、ウイリアムは甚九郎に訊いた。

「けがはなかったか」

「ひとりは、なかなかの腕のようでした。でも、なんともありません」

暗くてウイリアムにはわからないが、甚九郎は何事もなかったように、その声は落ち着いていた。

「ありがとう、助かったよ。これで二度目だな。でも今夜のことは、お雪にはぜったい内緒だぞ。心配するからな」

「心得ています。ところで黒幕の方は」

「……」

ウイリアムは、首をかしげ無言のままだった。このころ、平戸と同じ肥前の長崎にはポルトガルの商人が多く住み、ポルトガル船も年に数回入港していると聞いている。自分が平戸に来たことを彼らが知り、まだ旗本のままで幕府の切支丹禁教令などでポルトガル人の追放を煽っていると思い、その恨みを晴らすため長崎から刺客を送り込んだのではないか――。ウイリアムはそう考えた。

だが、あくまで推測にすぎない。甚九郎には何もいわなかった。

それからひと月ほどたったある日の夜、ウイリアムは久しぶりに家で寛《くつろ》いでいた。その傍で茶を淹《い》れていたお雪が、碗を差し出しながら少しあらたまった表情で切り出した。

「旦那様にお話しがあります」

「なんだい」

お雪が、はにかむように告げた。

「お腹に、お子を授かったようです」

アダムスは、それを聞いて、五十歳でまた父親になるという現実に、若い時とは異なる緊張を覚えた。だが、それをはるかに凌ぐ喜びもある。精一杯働いて、こんどこそ本国の子供たちにできなかった分まで幸せにしなければ——という新たな意欲が湧いてきた。

「そうか。お雪、身体を大事にするんだよ」

そうしているところに甚九郎が帰宅して、いつになく改《あらた》まった態度で告げた。

「義兄上と姉上に、お話しがあります」

「なんだい。改まって」

「じつは、一緒になりたい娘《ひと》がいます」

アダムスは、甚九郎はこのところやけに元気が出てきたと感じていた。あるじの都合でせっかくの士を辞めることになってしまったが、平戸に来てからも気落ちするどころか、新しい船乗りの仕事がおもしろく張り切っているものと思っていた。だが、それだけではなかったようだ。

以前から毎日の訓練を終えて疲れているのに、食事を終えるとすぐに毎晩どこかに出かけ、夜遅くに帰宅する日が続いていた。

「お前、いくつになった」

「もう二十五ですよ」

訊いたウイリアムに、お雪が代わって答えた。

ウイリアムは江戸にいるときから、甚九郎に早く嫁を迎えてやらねば――と思っていた。孫市から大番頭の家に養子に入る話しを聞いたときも、甚九郎の嫁取りのことを考えた。

ところが、旗本を辞め江戸から平戸へ移住し、平戸では甚九郎を一人前の水夫長にと思い、ほかのだれよりも厳しく指導していた。そうした追い立てられるような日々のなかで、甚九郎の嫁取りのことはついつい後回しになっていた。

「その娘さんは、どんな人だ」

「この町の肥前屋の娘で、お絹さんという二十歳の娘です」

肥前屋は、おもに南蛮の荷を扱う商人で、その主人はウイリアムも商館に顔を出していたところを見たことがある。

「お前の気持ちは、そのお絹さんに伝えているのか」

「もちろんです」

「親御さんの方は、どうだ」

「そちらも、抜かりはありません」

アダムスがお雪と一緒になったとき、すぐに根回しをしてくれたように、甚九郎はいつも手回しが早い。こうした二人の話しを、そばでお雪はなにか思わせぶりに、微笑みながら聞いている。

「お雪、聞いたとおりだ。どうだろう」

「そのことなら、知っていますよ」

「どうして？」

まだだれにも話したことがない、と思っている甚九郎が、姉に訝《いぶか》った。

「考えてごらんなさい。そのお絹さんに一緒になりたいと伝えたら、親御さんはとうぜん甚九郎や家族のことが気になりますよ」

数日前、肥前屋の番頭が、家主弥次右衛門の内儀《おかみ》に甚九郎や家族のことを詳しく訊きに来たことを、その内儀が教えてくれたという。

「いつになったら甚九郎が打ち明けてくれるかと、旦那様にも内緒にして、心待ちにしていましたよ」

「相手の親御さんも許してくれているのなら、早く祝言を挙げてやらねばと思うが、お雪はどうだい」

「そのお絹さんは、以前見たことがあります。優しい方のようでした。だから甚九郎も気に入ったのでしょう」

「江戸の儀父上や義母上には、どうしたものか」

「なにより、甚九郎の気持ちこそが大事でしょう。それにあのお絹さんなら、父上、母上もきっとお許しになりますよ」

お雪は、ウイリアムと結ばれるにあたって、自分の想いを貫き通した。とうぜん甚九郎にもそうさせたいと思っている。

「義兄上、姉上、ありがとうございます」

甚九郎は姉と義兄の承諾を得て安堵し、頭を下げた。こうして、甚九郎は晴れて所帯を持ち、家を出て城下の町なかに家を借り、新居を構えた。

アダムスも、やがて日本での父親となる。

その年（一六一四年・慶長一九）の七月、平戸藩は悲しみに包まれた。初代藩主鎮信《しげのぶ》が病に没したのだ。享年六十六才であった。鎮信は、戦国乱世の末期に、ときの松浦《まつら》家当主で父の隆信（道可）とともに、幾多の戦を通して平戸藩確立のために挺身した。

徳川幕府の治政となってから初代藩主を経て隠居したが、二代藩主の嫡男久信が早逝《そうせい》したため、幼孫の隆信（宗陽）を三代藩主とし、みずからはその後見人となって、長いあいだ藩の実権を握り続け、藩主隆信が二十歳を迎えたときに後見人を退いた。

それまでの間、かつて豊臣秀吉の覚えめでたかったため幕府からは〝親豊臣派〟と目され、六万三千二百石の平戸藩を財政難や切支丹対策などに苦労しながら、外様として幕府の信を得るため腐心し続けてきた藩祖であった。

家康の引出物

九月一日に、家康の側近本多正信から平戸のウイリアムに書状が届いた。その内容は、大御所様よりアダムスに急ぎ駿府に上るようとの仰せがあった—というもので、用件は報せず簡潔なものだった。

コックスにそのことを伝えたところ、ぜひとも同道したいという。

本多正信は、これまで家康に命じられて将軍秀忠の側近として侍《はべ》っていた。が、家督を嫡男正純に譲ってからは、正純と入れ替りふたたび駿府の家康のもとに侍っている。

その昔、正信は主君家康の一向一揆への対応にたいする不満から、家康に離反し敵対したこともあった。そうした一時期を除けば、家康に乞われふたたび家臣となって以降、このふたりの老人は長い主従関係にある。

だが最晩年を迎えたいま、形はともかく互いの心情においては〝主従〟を超越している。あたかも茶飲み友達のように、穏やかな話しのなかに、ときに冗談を飛ばし合いながら交わっている。

旗本だった十年間、ウイリアムは家康に拝謁するたびに、生涯帰国は許されないのではないか――と、なかば戦々恐々とした心況にあった。だが、いまはそうした懸念はない。むしろ老い先短い元皇帝のことが懐かしく、召し出しに心弾む思いさえある。

ウイリアムとコックス商館長は、甚九郎を伴い船で駿府へと発った。駿府城に着き、本多正信に家康への拝謁を願い出、商館からの土産として眼鏡を家康に献上した。家康はすぐにウイリアムとコックスを招じ入れた。

一年ぶりに対面する家康は、高齢にもかかわらず以前のように血色もよく、変わりない様子でウイリアムは安堵した。

「大御所様のお健やかなお姿を拝し、たいへんうれしく存じます」

「そちも、かわりのう息災であったか」

久しぶりに迎えた洋服姿に戻ったかつての寵臣に、家康は表情を和ませた。

「して、平戸のほうはどうじゃ」

「はい。ようやく準備がすべて整いましてございます。これから、本国のために存分に働きとう存じます」

「それは重畳《ちょうじょう》」

「コックス殿もアダムスと力を合わせ、交易を通してたがいの国が多くの利を上げるよう励んでくれ」

ウイリアムの通訳でコックスが応じた。

「ありがたいおことばでございます。この国のためにも、仰せのとおりに致します」

家康は、にこやかな表情から真顔に返った。

「こたびの召し出しはほかでもない。遅うなったが、奥を迎えたそちに引出物を取らそうと思うてのう」

「ありがたく存じます」

「そちに暇を許しただけでは、余の気がすまぬ」

家康は、下座の正信に目で合図した。

「引出物には、それがよかろう」

「この書状を、江戸の上様に――」

正信が一通の書状をウイリアムに差下し、その内容を説いた。それはウイリアムに――特別朱印状――を与える指示の書状で、将軍秀忠に差し上げることで、それが叶うという。

通常、異国との交易を許す公儀の朱印状（許可証）は、交易の期限、品目・数量等が制限されている。これにたいして特別朱印状は、公儀から別命あるまではそれら制限のないものを指す。家康とウイリアムとの関係ならばこそ、例外中の例外といえる処遇である。ウイリアムにとって、これにまさる引出物はない。

「どうじゃ。気に入ってくれたか」

「身にあまる光栄に存じます」

そういって平伏したウイリアムに、家康は満足そうに笑みを浮かべた。

「大御所様のこれまでの数々のご恩のうえに、これほどまでにお心づかいを賜わり、お礼のことばも見つかりません」

深々と家康にひれ伏した。江戸の屋敷は下され、三浦按針の名と旗本の名乗りも裁量に任された。そのうえ特別朱印状まで下されたのだ。ウイリアムは、これまでの数々の苦労がすべて報われ満ち足りた気持ちになり、神とかつての主君に感謝の思いが込み上げた。

ウイリアムにとって、日本に留まるという決断は苦衷のすえのものだったが、それが間違いではなかった―とあらためて確信した。その決断を下したあとも、心中には消し去ることのできない本国の家族への蟠《わだかま》りがある。その家族に償いを果たすうえでも、この特別朱印状はきわめて有用なものとなるのだ。

ウイリアムとコックスは深々とひれ伏し、家康の退座を待った。だが家康は、以前ウイリアムに旗本を辞することを許したときと同様に、見送るつもりでいるのか座を立とうとはしない。やむを得ず、ウイリアムはあらためて家康と正信に深くお辞儀をしてから立ち上がり、コックスとともに後退りでしずしずと退出した。

家康と正信は、その場から愛おしむ眼差しでウイリアムを見送った。

ウイリアムたちは駿府城をあとにして、海路で浦賀の湊に入った。逸見《へみ》の屋敷に入りコックスをそこに休ませてから、ウイリアムは甚九郎を連れて、旧領逸見村の庄屋宅を訪ねた。暖かい気候のこのあたりは、このころ秋の穫り入れの最中で、かつての領民たちはみんな忙しく働いている。そのため、ウイリアムは庄屋とだけ会った。

「庄屋殿、村の衆はみんな変わりないだろうか」

八十五人の百姓はもとより、祭りのときなどに顔を合わせるその家族たちのほとんどを、ウイリアムは見知っていた。

「お殿様が肥前国にお発ちになられてから、村は御料（幕府直轄地）に戻りましたが、みんな変わりなく過ごしております」

「ことしの米の収穫《でき》は、どうだろうか」

領主のとき、領民のことを思うとそれはもっとも気がかりなことで、毎年庄屋に訊ねていた。

「はい。ことしは夏の日照り不足で、収穫はいつもより悪うございます」

この年の夏はいつになく曇りや雨の日が多かったため、冷夏で不作なのだ。

「ですが、お殿様が、年貢を一分下げてくださっていたのがそのままで、みんな助かっております」

庄屋はそう言って、ウイリアムを称えた。

「もとの五分には、戻らなかったのか」

「はい、そのままでございます。みんなお殿様のおかげと、感謝しております」

「それはよかった。みんな忙しく働いているようなので集まってもらわずに帰るが、庄屋殿から村の衆によろしく伝えてくれ」

ウイリアムはそう頼んで、庄屋宅を辞した。年貢のことは家康様の計らいであろうが、自分がかつてこの地の領主だったことが、領民たちにとって役に立った証しに思えた。一方で、米は不作と聞いたことが気掛りで、ウイリアムの気持ちは晴れなかった。


一年ぶりに江戸へ戻るウイリアムと甚九郎は慌ただしい。

コックス商館長とともに江戸へ行き、日比谷の屋敷に入った。甚九郎と孫市は一年ぶりの再会で、二人は手を取り合って喜んでいる。

「甚九郎、わたしがお城に上がっているあいだに、実家にあいさつに行きなさい」

「いいえ、義兄上のお供をします」

「わたしは、もう江戸にはいないことになっている。だから、誰かに狙われるようなことはない。夕方には、わたしもコックス館長と実家へ行くから」

ウイリアムは、江戸城内の本多正純の役宅となっている屋敷に行った。正純は登城中で、用人に家康の書状を差し出すと、用人は言った。

「大御所様のご指示は、なにをおいても先に処理されると聞いておるゆえ、明日の午後にも沙汰がありましょう」

その夕刻、ウイリアムはコックスを伴って三河屋本舗に行った。先に甚九郎が実家に帰ったとき、あまりにも突然のことに、母の豊加は目を白黒させて驚いたという。甚九郎は早速父母に近況を報せた。

義兄上が、大御所様から特別朱印状を賜わるために、駿府と江戸に来たこと――

自分が、義兄上と姉上の許しを得て、お絹という妻を迎えたこと――

元気に過ごしている姉のお雪が、懐妊したこと――

「そうしたはなしを聞き、嬉し涙がとぎれる間もありませんでしたよ。旦那様も、目を潤ませながら聞いておられました」

豊加は涙目でそう言い、並んで座す平左衛門も小さく肯いている。

「遠くにいるため、義父上、義母上には心配ばかりかけております。お雪も息災に過ごしておりますので、ご安心ください」

「婿殿も、お変わりありませんね」

「はい、このとおりです。商館の方も順調で、今年のうちに甚九郎と一緒に南蛮へ出航します」

食事となり、平左衛門はウイリアムとコックスのために、葡萄酒《ワイン》でもてなした。平左衛門は公儀御用達の商人らしく、特別朱印状のことに関心が深いようで、そのことを訊きしきりに感じ入った。

「公方様《くぼう》からそれを賜るとは、婿殿もたいしたものだ」

その晩、三人は勧められるまま実家に泊まった。


翌日の午前中に、ウイリアムは甚九郎を伴い耶楊子の屋敷を訪ねた。

「君が江戸からいなくなり、いっそう退屈で寂しくなったよ」

一年ぶりの再会で抱擁を交わしたあと、開口一番、耶楊子はそう愚痴った。ウイリアムほどの行動力がない耶楊子は、気を許せる者も少ないのだ。

「いま平戸で船長として働いており、今年中に南蛮へ出航するよ」

「わたしも平戸に行って、本国の商館で働こうかな」

「君が望むなら、問い合わせてみてもいいよ」

「いや、まだ本気で考えているわけじゃない」

「わたしで役立つことがあれば、いつでも言ってくれ」

そうした他愛もない会話を交わしたが、耶楊子はウイリアムを羨むように、会話の端々で何度も小さな嘆息を漏らした。

事件

十一月になって、ウイリアムはシー・アドベンチャー号の船長として、はじめて外洋航海に出た。目的地は、タイ国のアユタヤである。乗組員は甚九郎をはじめ全員が日本人で、ウイリアムがみずから訓練した者たちばかりである。

出航した当時は天候もよく、航海は順調だった。だが、出航から三日目には海が荒れ始め、四日目にはついに大嵐となった。その強風に耐えきれず、メインマストが途中から折れた。一枚帆を二枚帆に変えたとき、マストの造作に不具合があったのだ。

船は制御が困難となり、このままでは難破する恐れがある。ウイリアムは、初めてづくしの航海で無理は禁物と、近くの琉球本島（沖縄）に避難した。

後日嵐が治まってから、島で修理に必要な船大工を捜したが、あいにく不在で修理ができない。これでは、シャムへの航海は断念せざるをえない。ウイリアムはあきらめて平戸へ帰ることにした。

だが、この時期はあいにく逆風ばかりで、帰航もかなわない。洋式帆船にくらべて帆の少ないジャンク船は風受けの効率が悪く、順風に近い風でないと航海ができない。風待ちのため、やむなく琉球で半年を過ごさなければならなかった。

琉球は、古くから明国と薩摩国双方の影響を受けながら、独自の文化を育んできた。冬も暖かい気候ながら、夏場は台風の襲来が多く、土地は痩せ、漁労や甘藷、サトウキビの生産が主で、島民の生活はけっして豊かではない。

だが、南国の美しい島の風景と純朴で陽気な島民の気風は、無為に半年を過ごす乗組員たちを、飽きさせることはなかった。乗組員の中でもと漁師だった者たちは、漁労に勤しんだ。ウイリアムは、懐妊中のお雪のことが気掛りでならなかった。


六月になってようやく貿易風が吹き始め、五日に手負いのシー・アドベンチャー号は平戸へ向けて琉球を出航した。だが、マストの破損や悪天候、操船の不慣れなどの悪条件が重なり、いったん五島の本島に寄港せざるをえなかった。そこで数日風待ちのすえ、六月十一日になってようやく平戸の川内の湊にたどり着いた。

このように、アドベンチャー号での初航海は、実に八カ月もの間目的を果たすこともなく、散々な結果に終わった。

それでも、ウイリアムは琉球から特産の甘藷を平戸に持ち帰っていた。これをコックス商館長が寺の土地を借りて、毎年栽培を続けた。甘藷は、後世、儒学者青木昆陽《こんよう》によって国内に普及がなされ、米飢饉《ききん》のときの代用食料として重宝されることになる。が、それより一〇〇年も前に、ウイリアムが平戸に持ち込んでいた。

川内でのアドベンチャー号の修理は、平戸藩の船大工棟梁山崎弥左衛門に頼み、その間にも、ウイリアムは人脈を生かして仕事をした。本国商館のみならず、オランダ商館スペックスの依頼も受け、幕府の要人本多正純と後藤正三郎光次へ、海外渡航朱印状発行を依頼する手紙を書いた。

ライバルであるオランダ商館の依頼を引き受けることに、コックスは不快感を示した。だが、ウイリアムは意に介さなかった。ウイリアムには、すでに武士道にも通ずる義理堅い日本人的気質が身についている。幕府やオランダ商館など、これまで世話になった相手は、本国の商館同様に大切な存在なのである。

臨月を迎えていたお雪が、帰航してから無事に待望の第一子を産んだ。待ち希んでいた男の子で、ウイリアムは〈ジョセフ〉と名付けた。喜びとともに、家族への責任がいっそう重くなったウイリアムは、あらためて本国にいる二人の子供のことを思った。

本国を発つとき、八歳だった姉のデリヴレンスと六歳だった弟ジョンが、健在なら二十四歳と二十二歳になっており、もう結婚しているかもしれない。それどころか、自分の孫がいる可能性さえある。ジョセフが生まれたことで、そんなことに思いがいたった。

ウイリアムは、本国で子育てにほとんど携わることができなかったことが悔いとなっている。いまできることは、母国のメアリーと二人の子供のため神に懺悔《ざんげ》し、お雪とジョセフのために尽くすことだと考えた。

その年（一六一四年）の十二月、徳川幕府は二十万の大軍で、大坂城の豊臣秀頼を攻めた。

――大坂冬の陣―― である。

豊臣方は、関ヶ原で敗れた豊臣恩顧の牢人群も加わった十万の大軍が大坂城に籠城し、必死に防戦した。出城の真田丸を築いた真田信繁（幸村）が、知力を尽くして頑強に戦ったことなどもあり、幕府軍は大坂城を攻めあぐね、やむなく一時和解した。

その後幕府方の謀略で、大阪城は和解の条件だった外堀ばかりか内堀りまでも埋められた。

翌、元和元年の五月、幕府方はふたたび大坂城を攻めた。

―大坂夏の陣―　である。

難攻不落を誇ったさしもの大坂城も二重の堀を埋められ裸城となったことに加え、かつてのリーフデ号の大砲が活躍したこともあって落城し、秀頼や淀の方は自刃して豊臣家は絶えた。

家康は、天下決戦いらいの宿願であった豊臣家という後顧の憂いを絶ったのだ。

将来ともに盤石の体制となった徳川幕府は、諸大名の統制を強化する「武家諸法度《はっと》」を定めた。一つの藩に一つの城しか認めない〈一国一城制〉や、大名の妻子を人質として江戸に留め、これまで大名が自主的に行なっていた江戸参勤を、隔年交替で国許《もと》と江戸とを往来する〈参勤交代制〉として義務化するなど、この後二百五十年におよぶ徳川幕府による治政の骨格を定めた。

その年の七月二十九日、平戸の町でウイリアムを巻き込む小さな事件が起きた。

ウイリアムは、家主の木田弥次右衛門に恩義を感じ、誠意をもって接している。その弥次右衛門の妻の兄にあたる龍崎助左衛門という藩士がいる。助左衛門は藩の斬首刑執行人、つまり罪人を処刑する首斬り役人である。

刀術に秀で、腕におぼえがあるため大言壮語の癖があり、あとさきを考えず直情にまかせた傍若無人の振る舞いが多く、同僚藩士からは疎まれている。だが龍崎一族は藩内でも有力で、助左衛門の親族龍崎七右衛門は藩の重臣であることから、面と向かって助左衛門の言動をたしなめる者はいない。

その助左衛門がイギリス商館にやって来て、応対に出たコックスに訴えた。

「商館長殿に申したいことがござる。商館の通詞ジョン・ゴレザノが、拙者の悪口を言いふらしており、けしからんではないか」

ゴレザノは、南蛮で生まれた西洋人と日本人混血の青年で、商館が臨時の通詞として雇っている。コックスが詳しい事情を訊いた。

「あやつは、拙者がわけもなく人々を殺したという評判を広めている。根も葉もないことを言い触らしていると聞いた。処罰するべし」

「そういうことなら、よく調べてから対処したい」

コックスは助左衛門にそう告げて帰し、ゴレザノに質したところ「そのようなことは、身におぼえがありません」と否定した。

コックスは、抗議にきた助左衛門の評判は芳《かんば》しいものではないと聞いており、ウイリアムとは家主を介して縁があるため、この件の処理をウイリアムに任せた。

そのことを伝え聞いた助左衛門は、翌日ウイリアムの自宅にやってきた。

「ゴレザノのことは、コックス殿から貴殿に任されたと聞きおよんだ。拙者は、あやつをほんとうは殺したいほど憎んでござる」

助左衛門は、興奮したようすでいきなり切りだした。

「おだやかではないから、落ちついて話しをしてくれ」

「わかり申した」

助左衛門はウイリアムに窘《たしな》められ、ひと息ついてから続けた。

「任された貴殿に免じて、ゴレザノの命だけは助けよう。だから、あやつを平戸から追放してくださらんか」

「そういわれても、わたしの一存ではなんともできない。商館長に相談してみよう」

ウイリアムはそう答えて、助左衛門を帰した。義弟の木田弥次右衛門と家の貸借で信頼関係にあるウイリアムに、そのとき助左衛門は、それ以上強引な態度に出ることはなかった。

ウイリアムからそのことを聞いたコックスは、助左衛門を商館に呼んで警告した。

「われわれ商館員は、幕府の許しを得ており、大御所様の保護のもとにある。だからこの国の役人であっても、大御所様の許しがなければイギリス人にかかわることはできない。もしわれわれに逆らえば、あなたの首が危なくなる」

コックス商館長は本国を代表する立場だけに、毅然《きぜん》として言った。この高飛車な態度が功を奏してか、助左衛門はウイリアムに告げた。

「商館長殿に免じ、ゴレザノのすべてを許すことにする」

コックスからこの件の処理を任されていたウイリアムは、これですべてが終わったものと思い安堵した。だが、助左衛門のことばは表向きで、よほど腹の虫が治まらなかったのか、翌日ゴレザノに報復した。

夜道でゴレザノを待ち伏せし、抜刀して脅したのだ。そうしたことからしても、助左衛門がゴレザノから中傷されたと申し出たのは、事実無根ではなかったのだろう。

　この事件はそれで終わったかのように、しばらくは何事もなかった。


　その年の十二月に、ウイリアムはタイ国のシャムに向け出航することとなった。

それを伝え聞いた藩主隆信から、三日の夕刻にコックス商館長とともに藩庁に招かれ、夕食を共にした。今回の積荷は、平戸藩の依頼を受けた物もある。

その四日後に、ウイリアムはアドベンチャー号で川内の湊を出航した。積荷は六百ポンド相当の銀と、そのほかの商品である。航海は前回のように嵐に遭うこともなく順調で、翌一月十一日にタイのバンコクに入港した。

数日してから、ウイリアムは会社の現地事務所に呼び出され、駐在員から告げられた。

「アダムス船長の部下が、こちらで不法な交易をしている」

ウイリアムが駐在員に詳しく質したところ
「アドベンチャー号の日本人船員が、日本刀や金銀の細工物を持ってきて、現地で売りさばいている。乗組員個人の交易は、会社が禁じていることだ」と言う。このことは、ウイリアムにも心当たりがある。

平戸を出航する十日ほど前に、コックス商館長に確かめたことがあった。

「船員たちが、品物を持ち込んで先方で売りさばきたいと希望しているが、会社は認めるだろうか」

「よその国では認めているようだが、本国の会社は禁じているよ」

「航海に危険はつきものだし、みんなの志気を高めるため、すこしくらいの持ち込みは認めたほうがいいと思うのだが」

オランダ艦隊で日本に向かったとき、艦隊ではそれを認めていたし、ポルトガルやスペインの商船の場合も同じだと聞いていた。

「それはそうだ。君がうまくやってくれ」

そうしたやり取りがあったことを、ウイリアムは船員たちに告げた。それで水夫長の甚九郎が、日本語と片言の英語・蘭語を駆使して、船員たちが持ち込んだ品を現地の商人や異国の駐在員に売りさばいたのだ。そのことを甚九郎から聞いていたウイリアムは、自分と船員たちを守るため、持論を主張した。

「船員たちの志気を高めるため、これくらいのことは認められるべきだ」

「船長は部下の日本人をかばおうとするだけで、会社の規則に忠実ではない。このことは会社の重役に報告する」

その駐在員は、語気を強めてウイリアムを批判した。

その後、会社からはなにも言ってはこなかったが、ウイリアムはこれ以上会社とのトラブルを避けるため、これより後の航海では、船員の個人的な交易を禁じた。

この航海で、ウイリアムは別のことで困っていた。まだ資金に余裕があり、このさい〝蘇木《そぎ》〟を大量に購入したかった。シャム産のそれは貴重な染料の原木で、日本では高価で取り引きされ大いに利益が上がる。だが、すでにアドベンチャー号の積荷は満杯で、余裕がない。

どうしたものか迷っていたところ、バンコクの港で偶然にもこれから平戸に向かうという二隻の船を見つけた。平戸の日本人朱印船商人の庄兵衛と、華僑魏官《かきょうぎかん》の船で、二隻ともまだ積荷に空きがあるという。華僑魏官とは、現地に在住する明国の役人のことで、船長はオランダ人のミゲルである。

両船に頼んでみたところ、両船とも快く引き受けてくれ、まさに〝渡りに舟〟の幸運であった。そこで多くの蘇木を仕入れ、両船に分けて積んだ。運搬賃は半額を前渡しし、残り半額を平戸に着いてから支払うこととした。華僑魏官の船には、現地駐在のイギリス商館駐在員セイヤーが乗り込んだ。

はたして、庄兵衛の船と積荷は無事平戸に着いた。ところが、魏官船の方は平戸へ向けて航行中、船内で船員同士の争いが起きた。それがもとで、魏官をふくむ多数の船員を巻き込んだ殺傷事件となり、魏官は殺されてしまった。多くの船員が死傷して操船できなくなった魏官船は、かろうじて薩摩国（鹿児島県）に漂着した。

このため、積荷の蘇木は平戸まで届かなかった。この事件がもとで、積荷蘇木の所有権と損失の賠償を巡って、やがて薩摩藩、平戸藩、長崎奉行、明国人などを巻き込んだ一大事件へと発展することとなった。

このころの商取引は、こまかな内容を記した約定書を取り交わすことは稀《まれ》で、多くは信義を前提にした口約束の信用取引である。そのため証拠が残らず、事故が起きたとき責任のありようは曖昧《あいまい》だった。

加えて紛争が起きたときの処理も、それに対応する機関や権限など明確な決まりがあるわけではない。そのため、異国や他藩が絡む事故や事件が起きたとき、その処理が混迷するのは避けられなかった。

この〝蘇木事件〟の被害者は、蘇木を失い損害を被《こうむ》ったイギリス商館である。商館側は当然のこと、運搬を引きうけた華僑魏官船側に損害の賠償を求めた。だが相手側は殺傷事件の当事者で、その事件の処理に追われているためか、賠償交渉に応じない。

それどころか、船長のミゲルは「積荷の蘇木は自分の物だ」と言いはって、責任を逃れようとする。困った商館側は、平戸藩の重臣松浦重忠に事件解決の仲介を頼んだ。だが、ことは華僑や薩摩藩との関わりもあり、重忠はこの件をもてあまし、いつまでたっても埒《らち》が明かない。

一年以上待ってみたが、いっこうに解決の兆しは見えない。しびれを切らしたコックス館長とウイリアムは、窮余の策を思い立った。

ミゲル船長を捕え藩の評定（裁判）にかけるか、あるいは幕府へ突き出すか、そのどちらかの処置を講じてくれるよう平戸の藩主隆信に願い出た。

事情を聞いた隆信は、このときの航海に藩の積荷も関わっていたこともあり、どちらかの方策を藩で対応する——と約束してくれた。だが、藩主の指示を受けた重臣の誰もがこの件をもてあまし、一向に進展しないまま刻《とき》はい徒《たずら》に過ぎていった。

独立

翌年の元和二年（一六一六）幕府は、国内で異国船の入港は肥前の平戸と長崎だけに限定することを決めた。異国船に対する幕府の監視を容易にするため、制限を強化したのである。

このころまで、肥前のほか浦賀、堺、博多、豊後、薩摩などに異国船が入港し、交易のための商人も集まっていた。それらが平戸と長崎だけに制限されたため、それ以降両地には各地から商人が押しかけるようになった。そのため平戸は、かつてポルトガル船が頻繁に来航し明の大海賊五峯王直が権勢をふるっていたころのように、ふたたび

——西の都——　の様相を帯びてきた。

いきおい、オランダとイギリス両国商館の競争は激しさを増した。

先行するオランダ商館は、本国、明国、南蛮（東南アジアの各国）と日本とのあいだで広く交易し、順調に業績を伸ばしている。しかも、かつて痛めつけられていたポルトト

ガルの船を襲う海賊行為で奪った商品を安値で日本に持ち込むなど、不当なことも行っている。そうした中で、後発のイギリス商館は依然として後塵を拝していた。

駿府城の大御所家康は、その年の五月（元和二年四月十七日）、七十五歳で没した。家康の側近だった四歳上の本多正信も、その二か月後家康のあとを追うように亡くなった。この主従は、当時としてはかなりの長命であった。

幕府の創業者家康は、没後駿河の久能山に〈東照大権現〉として神格化して祀《まつ》られ、後に日光に移された。家康が没したことは幕府の屋台骨に関わる重大事で、その後は老中や年寄制をはじめ、幕府組織や政策の大きな変革へと至るきっかけとなった。

ウイリアムは、幕府の大御所家康の死を、シャムから平戸に帰港して初めて知った。旗本を辞め平戸に来てからも、下賜された二刀の手入れをするたびに家康のことを思い出していた。自分の運命を変えた家康は、単に自分を利用しただけでなく重用し、ことに最晩年は情の篤い数々の配慮もしてくれた。

そうした恩人家康の死を知った後の心情は、許されている旗本の名乗りを自粛していることもあり〝巨大な後ろ盾〟を失った――という失望感は、さほどではなかった。それよりも、この国でもっとも自分を理解してくれていた高貴な人を亡くした寂寥《せきりょう》感であり、父親を亡くしたかのような喪失感であった。

一六一六年（元和二）、イギリスの商船トマス号とアドバイス号が、相次いで平戸に来航した。商館にとって数少ない本国からの交易船である。だが、これらの積荷は本国を中心に西洋の高価な物資がほとんどで、日本人に不向きなものが多い。

いっぽうのオランダ商館は、南蛮からの品が中心で安価で日本人向きの物が多い―という特色の相違がある。両国商館の競争は、先行するオランダがさらに水を開けるように優位のうちに進んでいた。

そうした中、ウイリアムはその年の十二月二十四日に、イギリス商館勤務を辞する決心をした。その理由は、二年前の二つの事件への責任からである。

タイ国シャムでの、日本人船員の不法交易の責任を問われ、昨年になって会社から―一年間船長の身分停止―という処分を受けた。コックス商館長は、ウイリアムを庇《かば》って抗弁してくれたが、会社側は聞く耳をもたなかった。

いま一つは　――蘇木事件――　である。

平戸藩主に事件解決への協力を求めたが、これといった進展はなかった。その後も解決に向かうどころか、話しは拗《こじ》れにこじれている。薩摩藩や華僑を束ねる明国人の李旦《りたん》や華宇《はう》などを巻き込み、いまでは幕府の長崎奉行までもが関与する事態となっている。

商館の利益のために良かれと思って下した判断が、結果として商館に多大な損害を与えてしまったのだ。それればかりか、多くの関係者を巻き込み、いまなお未解決事件として商館に多大な迷惑をかけている。

ウイリアムは年俸が高額なこともあり、居たたまれない。商館辞職の決断は、二つの事件の当事者として自身への戒めと同時に、プライドを守るためでもあった。

思い悩んだ胸の内を、お雪に打ち明けた。お雪は二人目の子を孕《はら》み、身重で臨月を迎えている。

「もうこれ以上商館にとどまって、コックスに迷惑はかけられない」

「……」

「商館を辞めて船を買い、交易業をはじめようと思うが」

「どのようになさっても、わたくしは旦那様を信じております」

お雪は、あくまで従順である。

「これまで世話になった商館と縁を切るようなことは、決してしないよ」

ウイリアムは、自分の決心をコックスに打ち明けた。

「とんでもない。君が辞めると、商館は立ち行かなくなってしまう」

そういって必死に慰留した。ウイリアムも、自分が辞めると商館には大きな打撃となることはよく分っている。また、独立することへの不安もないわけではない。だが、これからお互いに協力し合うことで、そうした不安は乗り切ることができる─と信じている。ウイリアムはコックスに誓った。

「商館は辞めるが、わたしには特別朱印状がある。これを使っておたがいに協力し合えば、商館が立ち行かなくなるようなことにはならないよ」

「君がこれからも協力してくれるのであれば、決心が固いようだから仕方ないだろう」

コックスも最後は認めてくれた。ウイリアムが平戸のイギリス商館に勤務していた期間は、三年と一月間であった。

独立したウイリアムは、本国商館のジャンク船ギフト・オブ・ゴット号を買い取り、オーナー船長となった。これからは、商館の仕事も引き受けながら、船長と交易商を兼ねて自由に活動する。ウイリアムが育てた船員たちは全員を引き取り、彼らの志気を高めるため、これからは異国での個人の取り引きも認めることにした。

ウイリアムは、これまでにも増して懸命に働かなければならなくなった。それは独立したからだけではなく、お雪が女の子を産み、家族が増えたからだ。アダムスは〈スザンナ〉と名付けた。

ウイリアムは、航海しないときはつとめて家にいるようにし、家族とともに過ごすことを心掛けていた。そうすることが、本国に残してきた家族への償いにも通じるように思えたからだ。

一六一七年（元和三）、活発な交易で業績好調なオランダ商館は、常灯ヶ鼻の商館がしだいに手狭になった。そこで藩主の許しを得て周辺の民家五十戸を買収して取り壊し、その跡に商館を増築した。そこには病院まで設置した。

新たに商館員を募っていることを知ったウイリアムは、スペックス商館長に幕府の御家人ヤン・ヨーステンのことを話し、雇ってもらえるかどうか打診した。スペックスは、元航海士で同胞のヨーステンを、喜んで雇い入れることを約束した。

ウイリアムは、そのことを江戸のヨーステンに飛脚で報せた。報せを受けたヨーステンは矢も楯もたまらなくなり、すぐに行動を起こした。

はじめて平戸にやって来たヨーステンが、さっそくウイリアムを訪ねて来た。

「報せをくれてありがとう。御家人は辞めて来たよ」

「おせっかいのようだったが、君にとってこれでよかったのかい」

「君が旗本を辞めてから、わたしなど幕府にとってどうでもよかったのさ」

「わたしのために君が振り回されているようで、心からすまないと思う」

ヨーステンが御家人になったのは、旗本に登用されるウイリアムへの配慮から、と聞いていた。ウイリアムがその旗本を辞めたため、今度は御家人として身の置きどころがなくなっていたのではないか、と同情した。

「そんなことはない。退屈でならなかったから、ちょうどよかったのさ」

ヨーステンの気づかいに、ウイリアムは救われた。

「いまさら本国に戻るつもりはないが、本国の会社のために働けるようになって嬉しいよ。やはり、わたしは船乗りがいちばん性に合っている」

そういって高笑いしたヨーステンに、ウイリアムは事情があって本国商館を辞め、独立したことを告げた。

「円満に辞めたから、これから本国商館の仕事も引き受けてがんばるよ」

こうして、幕府の御家人だった耶楊子ことヤン・ヨーステンは、平戸のオランダ商館の船員となった。


その年（元和三年）の三月二十二日、ウイリアムがギフト・オブ・ゴット号の甲板で、水夫長の甚九郎や商館のセイヤーとともに、ベトナム（当時の地名・コーチシナ）へ向けて出航準備をしていた。

そこへ龍崎助左衛門と弟の兵吾が、肩をいからせ血相を変えて乗り込んできた。帯刀した兄弟は、甲板の足元に散乱するロープや小荷物を蹴とばすなど、行動が荒々しい。危険を察した甚九郎が、棒を持ってウイリアムのそばに来て「義兄上」と声を掛けた。ウイリアムは目で、落ちつけ―と甚九郎を窘《たしな》めた。

助左衛門はあいさつもなく、相対すると無言のままいきなり有無をいわさぬ強引さでウイリアムの右手首をつかみ、その腕を背中側にまわして逆手を取った。甚九郎がウイリアムを助けるため助左衛門を棒で打とうとしたとき、ウイリアムはとっさに叫んだ。

「抗《あらが》うな！」

そのことばに従い棒を投げ捨てた甚九郎の右腕を、弟の兵吾が兄をまねて背中側に逆手を取った。兄弟は無抵抗のウイリアムと甚九郎の右腕を、なおも締め上げた。兄のほうは大柄で、力が強い。ウイリアムはあまりの痛さに悲鳴をあげそうになったが、必死にこらえて訊いた。

「どうして、こんなことをする」

「……」

「理由《わけ》をいってくれ」

「おのれの胸に、問うてみよ」

質したウイリアムに、助左衛門は答えず突っぱねた。これでは話しにならない。ウイリアムは、痛みに耐えながら空いた左手を上着の右内ポケットに入れ、中から封書を取り出した。その封書に唇を当ててから叫んだ。

「上様の下僕《しもべ》、アダムスを虐《しいた》げるこの男を、なにとぞお赦しください！」

ウイリアムが取り出したのは、将軍秀忠が下した特別朱印状である。それを助左衛門に見えるように、頭上にかざした。そのとたん助左衛門はわれに返り、腕を放してウイリアムを解放した。その兄の様子を見て、弟も同じように甚九郎の腕を放した。

「どうしてなんだ」

痛められた腕をさすりながら、ウイリアムは訊いた。

「拙者が悪かった。許してくだされ」

「乱暴したのだ。理由《わけ》をいってくれ」

「すまぬ。いまのことは忘れてくだされ」

助左衛門は頭を下げ詫びを吐いただけで、理由もいわず弟を促して下船した。ウイリアムと甚九郎は、呆然《ぼうぜん》と兄弟を見送った。

火を点ければすぐに燃え上がる薄紙のような性分の助左衛門は、なにごとかに激高のあまりウイリアムの立場も忘れて暴挙に及んだのだ。

ウイリアムには、助左衛門に恨みを買う覚えなどなにもない。それより、こうした行為が世間に知れると、兄弟の方こそが困ることになる。彼らの義兄弟でウイリアムの家主木田弥次右衛門とも、気まずいことになるだろう。

そう思ったウイリアムは、甚九郎が抵抗することを禁じ、特別朱印状を持ち出すことで、ことを穏便に収める手段を取ったのだった。結局、龍崎兄弟がウイリアムたちに乱暴を働いた理由は、あとになっても判らないままだった。

おそらく、蘇木事件と、商館の通詞ジョン・ゴレザノと助左衛門の確執が底流にあったのだ。何者かが、その責任をだれからも冒されることのないウイリアムのせいにし、それを鵜呑《うの》みにした兄弟が、いっときの感情にまかせて襲撃したのだろう。

この事件のことを、その場近くにいた商館のセイヤーから聞いたコックス館長は、ウイリアムに質した。

「龍崎兄弟が君に乱暴をはたらいたそうだが、理由はわかるかい」

「……」

なにも心当たりのないウイリアムは、首をかしげ黙っていた。

「藩主隆信公に訴え出ようか」

「いや、わたしがベトナムから帰るまで、この件は伏せておいてほしい」

ウイリアムはそう頼んだ。が、放っておけないと思ったコックスは、この事件から九日後、別の件で藩の重臣町田大炊《おおい》と面談したとき、この一件を話した。藩士兄弟がウイリアムにとった無礼に町田はたいへん驚き、コックスに告げた。
「アダムス殿が了解さえすれば、いつでも龍崎兄弟を処罰する」
ウイリアムは、八月十一日にベトナムから平戸に帰港した。だが、ついぞこの件を表ざたにはしなかった。骨を埋めるつもりのこの平戸で、五か月近くも前のできごとを蒸し返すなど、ウイリアムの性に合わない。

ウイリアムは、ベトナムから帰港した翌月に、ゴット号でふたたび長期の航海に出た。目的地は、ベトナム中部地域の安南《あんなん》と明国の広東《かんとん》である。船の積み荷は、千二百五十ポンド相当の銀と、百七十五ポンド相当の商品である。その資金で、絹糸と明の商品や鹿の毛皮などを仕入れることになる。

このころ日本における布地は、国産の麻や木綿が主流で、ヨーロッパからもたらされる羊毛布地はなぜか日本人の好みに合わない。朝廷や上流の武士階級のみ絹織物が許されているが、絹糸も国産のものはなく、もっぱら明国産に頼っていた。

絹糸や絹織物は高価で、交易する商人にもめったに取引を許されない。だが、ウイリアムには、特別朱印状がある。

翌年（一六一八）の四月に、ウイリアムは安南から明国の広東に渡り、絹糸を中心に明国の産物を大量に仕入れた。この南蛮への長期の航海で得た大量の商品で、多額の利益を上げた。

翌一六一九年三月十六日（元和五年）、ウイリアムは、平戸藩家老の佐川から依頼され、佐川の持ち船の船長としてベトナムに渡航した。川内の湊で造られたばかりの、新しいジャンク船である。

順調な航海で、四月十四日に目的地のハノイに無事着いた。そこでウイリアムは、思いがけない人物に出合った。なんと、ヤン・ヨーステンが、港で出迎えてくれたのだ。彼はオランダ商館の船で、先に現地に来ていた。同じ平戸にいながらも、おたがいの航海の都合でゆっくり顔を合わせる機会は少ない。

ふたりはその夜、港の路地裏にある安宿で飲みながら語り合った。

「君が声をかけてくれたおかげで、船乗りに戻ってから退屈しなくなったよ」

「おたがいに、根っからの船乗りだからさ」

「こうして、ゆっくり時間があるときに、君の本心を聞きたい」

「なんのことだろう」

「旗本だった君が船乗りに戻ったことは、いまでも理解できない」

「……」

ウイリアムは、にこやかに黙している。

「どうしてなんだ。ほんとうの理由を話してくれ」

「恩人の家康様が、将軍ではなくなられたからさ。それに――」

ウイリアムはお雪のことを話し、お雪がいたから旗本を辞め日本に永住を決意したことや、いまは二人の子に恵まれていること、などを話した。それを聞いてヨーステンは、我がことのように喜んだ。

「それはよかった。この国にとどまるには、やっぱり家族を持つことだよな」

「わたしは本国にも家族がいるから、ずいぶん悩んだよ」

「そうだろうな。わたしが江戸での毎日が退屈で寂しかったのは、家族がいなかったからさ」

ウイリアムにはよく分かる。その通りだと思う。

「やっぱり、君がうらやましい」

「わたしだって、君がうらやましい」

ことばを返したウイリアムに、ヨーステンが怪訝な表情を見せた。

「雇われているうちはいいが、独立するとなにかと苦労も多いよ」

ウイリアムは、商館を辞めてからの苦労を語った。ふたりの話しはなかなか尽きず、その夜は深夜まで語り合ってから、お互いの船に戻った。このときウイリアムは気づかなかったが、この地で運命を左右する重大なことが自分の身に起きていた。

遺　言

平戸に向けハノイを出航して数日経った船中で、ウイリアムは発熱した。その後、二日から三日の周期で発熱を繰り返した。だが熱が引くと、ほかに不調は感じない。

海はとくに時化《しけ》ることもなく、操船は甚九郎に任せてなんとか航海を終え、四月十四日平戸に帰港した。この航海が、船長のウイリアムにとって実質最後のものとなった。

このとき、平戸の湊をとりまく小高い山のそこここには、ウイリアムたちの船を迎えてくれているように、薄紫色をした清楚で可憐な玄海ツツジの花が山々を覆うように咲いていた。だがウイリアムに、その景色を愛でる余裕はなかった。下船すると、すぐにオランダ商館の医師に診てもらった。

診察のあと、分厚い医書をめくって調べていた医師が、診断を下した。

「南蛮に行ったことや症状からして、マラリアに違いない」

だがこの病の特効薬などはなく、解熱剤を処方しただけだった。

繰り返し襲ってくる発熱はその後も続いたが、それをおしてウイリアムは働いた。コックス商館長やオランダ商館スペックスの依頼も受け、幕府の要人へ海外渡航朱印状発行を依頼する手紙を書いた。家康が没して以降、両国の商館といえども海外渡航にはそのつど幕府の許可が必要であった。

病のため体力の衰えを感じるようになり、もう長期の航海に耐える状態ではなくなっていた。だが、ウイリアムには、まだ成さねばならないことが多く残っている。お雪や二人の幼子のためだけではなく、本国の家族への償いもある。

そのためには、もっともっと働かなければならない。その強い思いが、ウイリアムの日々の生命をつなぎ止めていた。

最後の航海を終えた翌年の二月、ウイリアムはコックスに頼まれ、彼とともに船で長崎に渡った。幕府の長崎奉行長谷川権六と鉛の取引のためである。旗本の長谷川はウイリアムのことを知っており、コックスの狙い通り取引は成立した。

この機会に、ふたりはいまだ未解決のままとなっている蘇木事件の解決に向けて、力を貸してくれるように頼んだ。だが奉行はただ黙って頷くだけで、確たる返答はないままだった。

この事件が、解決に向けて一向に進展しなかったのは理由がある。ある幕府の要人が、いっぽうの当事者華僑魏官船側へ投資をしており、その要人から圧力が掛っていたためなのだ。だがその真相は、被害者側であるウイリアムとコックスは知るよしもなかった。

病の進行とともに、ウイリアムの腹部が目だって大きく膨らんできた。

「内臓が腫れている。黄疸の症状も出ているから、無理をせず安静にしていなさい」

医師はそう忠告した。ウイリアムはもっと働きたい気持ちを抑え、自宅で安静につとめるようにした。

病に臥《ふ》すようになってからも、刀の手入れは怠らない。長いあいだ刀身に見入る習慣も変わらない。そして、いまだ―刀は武士の魂―の真理を理解する境地に至らない。だが刀身に見入ることで、たちどころに雑念は消え、病に苦しんでいることさえもしばしの間忘れてしまう。

（刀に秘められた魔力と神秘性が、つねに主家のためには命を捨てる覚悟を持つという〝武士の精神〟に通ずるのだろうか）

そうした思いが漠然と浮かんだ。

あるときウイリアムは、刀の手入れをしているさなかこれまで考えもしなかったことが、ふと脳裏を過《よぎ》った。

――家康様から下賜されたこの大小の名刀。それは自分の身の回りの品々のなかでもっとも大切なものである。この刀を、自分の死後はだれに託すか――

その答えは、すぐに「二人の漢《おとこ》」と出た。

これまでもっとも自分に尽してくれ、二度も命を救ってくれた甚九郎に―大刀

日本にいる同胞で、自分への最大の理解者、コックス館長に―脇差

ふだんは刀身に見入ることで、たちどころに雑念は消え去っていた。ところがいま

は、大切なこの刀を誰に託すか――を考えた。これは、神に召されるときが近づいている証しなのだ。

療養中、藩の城代家老の佐川やイギリス商館のコックスとイートンが頻繁に見舞ってくれた。そんなある日、ヨーステンも見舞いに来てくれた。

「きのう南蛮から帰ってきて、スペックスから君が寝込んでいることを聞いたよ」

「帰ったばかりで疲れているのに、わざわざ来てくれてすまないね」

そう礼を言いながら、ウイリアムはベッドで半身を起こした。それを見て、ヨーステンは変わりように驚いた。半年ほど前、ハノイの港町で飲みながら語り合ったときからすると、見ちがえるほど髪は白く、姿が衰え声も細くなっている。

「はやく良くなってくれ。わたしより若い君が元気でいてくれないと、わたしも気が滅入るよ」

「また航海に出たいよ。おとなしくベッドに寝ているのは、わたしの性に合わない」

「おたがい、根っからの船乗りだからな」

半年前、ハノイでウイリアムが言ったことを、ヨーステンがそっくり返したため、ふたりは笑い合った。

甚九郎は、お絹と所帯を持ってから近くに家を借りており、毎日ウイリアムを見舞いに来る。ある日の夜、いつものように見舞いに来た甚九郎に、ウイリアムはお雪も呼び寄せてから告げた。

「この家康様から拝領した大刀を、お前に託す」

「それはいけません、義兄上」

甚九郎がとんでもないといった表情で、手でさえぎった。公方様が直々に下された大切な品を、一介の町人が持つなどありえない——と考えるのは当然である。

「いや、よくよく考えたうえでのことだ。受け取ってくれ」

「いけません。あまりにも、もったいなさすぎます」

「これを託すのは、お前よりほかにはいない。長年尽くしてくれたうえに、二度も命を救ってくれた恩人なのだから」

「旦那様の命を二度も？　いったいどういうことでしょう」

お雪が初耳だと訝った。

「これは漢同士のことで、それにもう済んだことだ」

「姉上からも、お断りしてください。お願いします」

「甚九郎、旦那様のお気の済むようにしてさしあげなさい」

「……わかりました。それでは預かることにします」

甚九郎は受け取ることにした。甥のジョセフが成人するまで、預かっておこうと思ったのだ。

「わたしはもう長くはもたない。だからこのさい、悔いが残らないように言っておきたい。ふたりともよく聞いてくれ」

「いやですよ、旦那様。そんなお気の弱いことを」

「いや、自分のことは、自分がよく分かるのさ」

そういって、自分が逝ったあとのことを語りだした。

家康様から下された江戸の屋敷は、おそらく召し上げられるだろうが、逸見《へみ》の屋敷はお雪に遺す。

ギフト・オブ・ゴット号は甚九郎に譲るので、交易の方はコックス商館長と協力して続けてほしい。ただ、わたしが亡くなれば、商館の事業の見通しは先行き厳しいものとなろう。もし、商館が本国へ引き上げなどしたときは、交易の本拠を浦賀に移したほうがいい。

その理由は、大御所様が生前「江戸はこれからますます栄え、やがて大坂や堺に代わり、商いの中心地になるであろう」と語っておられたから。ジョセフが成人したら、甚九郎が交易商人に育ててくれることを希んでいる――。

そのほかのことは、立会人を立て遺言書を遺すことにする。

そして、甚九郎に頼んだ。

「なにもかもお前に頼んで悪いが、いま言ったことを見届けてやってくれないか」

「もちろん仰せのとおりにします。ですが、わたしには義兄上がいなくなることなど考えられません」

「おまえは、もうりっぱな船乗りだ。交易のことも、十分学んだろう。わたしがいなくてもやっていけるはずだ」

「……」

甚九郎は両の拳を握り締め、目を潤ませながら、お雪とともにウイリアムの遺言を聞いていた。

ウイリアムは、お雪の看護を受けながら安静につとめていた。それでも容赦なく病は重くなり、思いがけない症状が出るようになった。記憶が一日、二日と飛ぶようになったのだ。看病するお雪に訊くと、眠ってはいなかったと言う。なのに、いくら考えてみても思い出せない日のことが多くなってきた。

それは、繰り返し襲ってくる高熱と貧血や黄疸などからくる記憶障害であった。ウイリアムは、いよいよ神に召される日が近づいていることを悟った。

そうであれば、記憶が確かなうちに、ぜひともなさねばならないことがある。日本での永住を決意したときの、本国の家族への償いと日本の家族への想い。そして、人生最後の舞台、平戸で支え続けてくれた人たちへの恩返しである。そのことを、遺言書に認《したた》めなければならない。

ウイリアムは、本国商館のコックスとイートンの両人を自宅に来てもらい、信頼する両人を立会人として、要旨つぎのような遺言書を作成した。

ウイリアムは、船乗りの仕事を神が与えたもうた天職と信じてきた。いく度ともしれぬ嵐や飢餓による地獄のような苦難に遭いながらも、海で命が果てることはなかった。また、家康様の温情や多くの幸運にも恵まれ、充実した生涯であった—とも思う。それらはすべて、神のご加護によるものなのだ。その神に感謝することを遺言書の冒頭に記し、わが遺体は大地に埋葬されることを希んだ。

つぎに、すべての負債や葬儀費用が完済されたあとの、財産の処分方法について記した。

このときウイリアムの手元には、五〇〇ポンドの動産があった。

わたしの金銭や財産は二等分されるものとし、ここ日本または他の東アジアにあるわたしの全財産の半分を、イギリスの愛する妻と子供に遺贈する。残り半分の金銭や財産は、日本に住むわが愛する二人の子供たち、ジョセフとスザンナに遺贈する。

在日イギリス商館長である親愛なる友人リチャード・コックス氏へ。

わたしの良き思い出の形見として、ケース入りの地球儀一体、すべての海図や地図、そしてわたしの一番良い刀を遺贈する。

他のわたしの刀は、わが息子ジョセフに遺贈する。

日本在住のイギリス商館員の一人、信愛なる友人ウイリアム・イートンへ。わたしの良き思い出の形見として、わたしが所有するすべての本と海用具を遺贈する。

そのほか、すべての使用人、家主、それにイギリス商館の残る四人に対しても、それぞれ応分の金銭や形見分けの条項を記した。

遺言書は認《したた》めた。だが、ウイリアムは日本と本国双方の家族のことを思い、まだ心残りや悔いもある。

―わたしが死を迎えれば、お雪や幼子ジョセフとスザンナも嘆き悲しむだろう。

本国の妻メアリーやすでに成人したデリヴレンスとジョンにも、幼いときに別れ、夫や父親らしいことはなにもしてやれなかったが、わたしの死を知ればやはり悲しむだろう。だが、ときがたてば妻や子供たちもこの現実を受け容れ、悲しみを乗り越えて、強く生き抜いてくれることだろう。

そうした想いのすべてを全能の神に委ね、死を安らかに受容しよう―。

そのとき、二十年前リーフデ号で豊後国に漂着する寸前のときのことを思い出した。このように、死をたいして透徹した気持ちになったのは、あのとき以来ではないか――。

「お雪ありがとう。君がいてくれて、心安らぐ人生だった。ジョセフとスザンナのことを頼むよ……」

それが、そばで手を握りながら看取るお雪に伝えた、ウイリアムの最期のことばだった。

ウイリアムは、リーフデ号で時化の海に船出していた。本国をめざして舵を取るウイリアムの横には、弟の若いトーマスがいる。空には暗雲が垂れ込め、いまにも大嵐になりそうな雲行きだった。

やがて予想したとおり海はしだいに荒れ、リーフデ号を飲み込むような大波がくり返し襲ってきた。船は木の葉のように波に揉まれ、ウイリアムは横波を避けるため必死に舵を取り、嵐と闘い続けた。

突然、まっ黒な厚い雨雲の中から光が射し込んで、あたり一面を照らした。

（主が導いてくださる――）

ウイリアムが一瞬そう思ったのは、雷光だった。その直後、大砲を続けざまに放つような雷鳴が頭上からとどろいた。それからは雷光と雷鳴が繰り返し続き、兄弟はその明りを頼りになおも嵐の海を進んだ。

どれほど経ったころか、急に嵐は治まり波も静まった。雲が去り晴れわたった青空いっぱいに、水平線の彼方から頭上越しに大きく鮮やかな虹が架かった。兄弟は、甲板に寝転んでその虹を眺めた。

この虹の光景は、これまでなんども見たような気がした。それは、オランダのアムステルダムを出航してから、ウイリアムが常に心に描いていた本国への想いだったのだ。その大きな虹を眺めながら、いつしかウイリアムは覚めることのない深い眠りに落ちていった――。


お雪の献身的な看護を受けながら、ウイリアムは一六二〇年五月十六日（元和六年四月二十四日）、平戸の木田弥次右衛門宅の離れ家で、波乱に富んだ五十六年の生涯を終えた。その最期を看取ったのは、お雪とふたりの幼子ジョセフとスザンナ、それに甚九郎と妻お絹の五人であった。

その後、ウイリアムの遺言は二人の立会人コックスとイートンによって誠実に履行され、本国の家族も含めてその遺志は達成された。

三浦按針こと、ウイリアム・アダムスの日本における二十年の半生は、さながらヨーロッパと東の果ての日本とに架かる大きな虹のようであった。

この誠実で信仰心の篤いイギリス人航海者の魂は、いまも平戸の港を見下ろす〝遠見の丘〟に眠っている。

一九六四年（昭和三十九）、アダムスの生誕四百年を記念して、平戸の有志によってイギリスの妻メアリーの墓より小石が取り寄せられ、ウイリアムの墓に合葬された。

西暦二〇二〇年は、ウイリアム・アダムスの「没後四百年」にあたる。

（完）

あとがき

ウイリアム・アダムスの没後、その家族や友人、在日中に関わったオランダ商館などのその後について記し、あとがきとしたい。

一六二三年（元和九年）アダムスの没後から三年目、イギリス平戸商館はオランダ商館との競争に敗れ日本から撤退。ヤン・ヨーステンが東シナ海で難破し死亡
一六三三年（寛永十年）幕府は第一次鎖国令を発布
一六三四年（寛永十一年）日本とオランダとの交易は最高潮に達する
一六三五年（寛永十二年）幕府は第二次鎖国令を発布。アダムスの妻お雪が逸見にて死去。幕府は、アダムスの子で成人したジョセフに朱印状を与える
一六三九年（寛永十六年）幕府は、第三次鎖国令によりポルトガル人を国外に追放
一六四〇年（寛永十七年）幕府は、平戸藩に平戸オランダ商館倉庫の破壊を命じる
一六四一年（寛永十八年）平戸オランダ商館は取り壊され、長崎出島に移転。これ以降日本における外国との貿易は明国とオランダに限定され、オランダ人の居住地も長崎の出島に限定された。

この小説は、次の文献を参考に執筆したものです。関係の皆様に敬意を表し、衷心より感謝を申し上げます。

「三浦按針十一通の手紙」（企画・編集　田中丸栄子　長崎新聞社刊）
「大航海時代の冒険者たち」（平戸市史編さん委員会編集　平戸市刊）

【著者略歴】
一九四五年生まれ
長崎県立北松農業高校卒
吉井町職員を経て吉井町長、
合併後佐世保市議会議員を歴任

【著　書】
「内裏城の嵐」（長崎新聞社）
「小説地下教室無窮洞」（長崎新聞社）
「直谷城と安徳天皇伝説」（芸文堂）
「西海の覇王」佐世保文学賞受賞（芸文堂）

按針と家康

発行　令和二年三月十日

著　者　和田《わだ》　隆《たかし》
佐世保市吉井町立石五〇五―三
電話（〇九五六）六四―二六二七

カバー　垣田　鉄郎

発行所　芸文堂

印刷・製本　エスケイ・アイ・コーポレーション
佐世保市山祇町十九―十三
電話（〇九五六）三一―五六五六